NOCHES BLANCAS
y otros cuentos

Fiódor Dostoyevski

Títulos: Noches blancas / El sueño de un hombre ridículo / El señor Prokharchin /
   Polzunkov
Títulos originales: *Belyye nochi / Son smeshnogo chelovieka / Mr. Prokharchin /
   Polzunkov*
Autor: Fiódor Dostoyevski

© Edimat Libros, SA
C/ Primavera, 10, nave 35
28500 Arganda del Rey
Madrid-España
www.edimat.es

Traducción: Cinta García de la Rosa
Diseño de cubierta: Karakachoff Estudio
Ilustración de cubierta: Pablo Estevez para Karakachoff Estudio

ISBN: 978-84-9794-688-9
Depósito Legal: M-24801-2025

Impreso en China - *Printed in China*

INTRODUCCIÓN

Fiódor Mijáilovich Dostoyevski nació el 11 de noviembre de 1821 en Moscú, como segundo hijo de Mijáil Dostoyevski, médico de profundos sentimientos religiosos, y de María Necháyeva. Se crio en la casa familiar, sita en los terrenos del Hospital Mariinsky para pobres, que estaba en un distrito de clase baja a las afueras de la ciudad.

Sus padres lo educaron como cristiano ortodoxo, conocía el Evangelio desde muy niño. Fue introducido a la Literatura a muy temprana edad. A los tres años su aya le leía sagas heroicas, cuentos de hadas y muchas leyendas, lo que le inspiró el amor por las historias de ficción. A los cuatro años, su madre le enseñó a leer y a escribir utilizando la Biblia, y después los padres pusieron a su alcance una amplia gama de obras literarias, desde Pushkin a Goethe pasando por Cervantes, Gogol y Homero. Algunas de sus experiencias de la infancia aparecieron luego en sus textos, como en el caso de una niña de nueve años que fue violada por un borracho y a él le pidieron que fuese a buscar a su padre: el tema del deseo de un hombre por una niña apareció después en varias obras suyas. Aunque Fiódor tenía una constitución frágil y delicada, sus padres lo describen como impulsivo, testarudo y descarado. Según escribió después su segunda esposa, Dostoyevski era de una altura promedio, pero siempre andaba muy estirado. Tenía el cabello de color marrón claro, con trazas rojizas. Su cara era pálida y parecía enfermiza, y sus ojos eran diferentes, uno era de color marrón oscuro y en el otro, debido a un accidente, la pupila era tan grande que no podía apreciarse el iris, y eso le daba un aspecto extraño. Tuvo ocho hermanos: Mijáil, un año mayor que él, Varvara, Andrei, Liubov (que nació y murió poco después), Vera, Nikolai, Aleksandra y Yelizaveta (que también murió al poco de nacer, la mortalidad infantil era muy alta en la época).

María, la madre, murió de tuberculosis en 1837, cuando él tenía quince años. Su padre lo envió a un internado francés y luego al internado Chermak en San Petersburgo. Allí lo describieron como un soñador pálido e introvertido y un romántico nervioso. Allí se sintió fuera de lugar entre sus compañeros aristocráticos. Dejó la escuela para entrar en el Instituto Nicolaiev de Ingeniería Militar con su hermano mayor. Fiódor detestaba la formación académica del instituto, con su ciencia, sus matemáticas y su ingeniería militar, pues prefería el dibujo y la arquitectura. El carácter lo convirtió en un extraño entre sus ciento veinte compañeros, que, aunque lo motejaron «el monje Photios» por su religiosidad, a pesar de todo lo respetaban. Allí se produjeron los primeros síntomas de su epilepsia, suscitada al parecer cuando se enteró de la muerte de su padre en 1839. Tras la muerte del padre continuó con los estudios y consiguió el título de cadete ingeniero.

Después de graduarse en 1843, tuvo empleo como teniente ingeniero y disfrutó de un lujoso estilo de vida. Trabajó como traductor de libros para conseguir el dinero para ello, y su primer trabajo fue una traducción de la novela *Eugénie Grandet,* de Balzac, que se publicó en 1843. Publicó otras traducciones, pero no tuvieron éxito y razones económicas lo llevaron a escribir novelas. En 1845 escribió su primera, *Gente pobre,* que publicó en 1846 y se convirtió en un éxito comercial, consiguiendo entrar en los círculos literarios de San Petersburgo. Decidió que su carrera militar pondría en peligro su floreciente carrera literaria y dimitió de su puesto. Poco después escribió su segunda novela, *El doble,* que apareció en un periódico (procedimiento muy frecuente en la época) en 1846, antes de su publicación como libro ese mismo año.

En esa época descubrió el socialismo a través de los escritos de Fourier, Proudhon y Saint Simon, y aumentó sus conocimientos sobre la filosofía socialista. Lo atraía la lógica, el sentido de la justicia, la preocupación por los desamparados; sin embargo, su fe de ortodoxo ruso y su sensibilidad religiosa no podía concordarse con el ateísmo, el utilitarismo y el materialismo científico del socialismo, lo que lo llevó a romper con el movimiento.

Tras las críticas negativas hacia *El doble,* su salud se resintió y sus ataques epilépticos fueron frecuentes, pero siguió escribiendo. Entre 1846 y 1848 publicó varios relatos cortos en la revista *Notas de la Patria,* como *El señor Prokharchin, La casera, Un corazón débil* y *Noches blancas.* Con la mala aceptación de estos escritos, combinada con sus problemas de salud y los ataques de los críticos, tuvo problemas económicos, que se aliviaron considerablemente cuando se unió al Círculo Socialista Utópico Berketov, una comunidad muy unida que lo ayudó a sobrevivir. Ese Círculo se disolvió y en 1846 se unió al Círculo Petrashevsky, que proponía reformas sociales en Rusia. Dostoyevski participaba a veces en los debates sobre la liberación de la censura y la abolición de la servidumbre (por entonces, prácticamente esclavitud). El aristócrata Nicolai Spenshev se unió al Círculo en 1848 y propuso crear una sociedad secreta entre los miembros. El propio Dostoyevski, que conocía los objetivos de ese grupo, se hizo miembro y participó activamente, aunque tenía muchas dudas sobre sus actos y sus intenciones.

Los miembros del Círculo Petrashevsky fueron denunciados y Dostoyevski fue detenido en 1849 por pertenecer a un grupo literario en el que se debatían libros prohibidos, críticos con la Rusia zarista. Dostoyevski fue encarcelado en la fortaleza de san Pedro y san Pablo y sentenciado a muerte por fusilamiento, pero el zar conmutó la sentencia en el último momento, cuando estaba a punto de darse la orden de disparar. Dostoyevski describió después la terrible experiencia en su novela *El idiota*, considerando las implicaciones filosóficas y espirituales. La sentencia se conmutó por un destierro a las Tierras del Norte (Siberia). Allí estuvo cuatro espantosos años, con el frío insoportable en invierno y la proximidad intolerable en verano, «apretujados como sardinas en un barril, sin sitio ni para darse la vuelta; del amanecer al ocaso era imposible no comportarse como cerdos; pulgas, piojos y cucarachas por todas partes...»; con grilletes en pies y manos, y sin otra lectura más que la Biblia. Además de sus ataques epilépticos, perdió peso y ardía de fiebre, por lo que fue enviado al hospital militar, donde pudo leer periódicos y algunas novelas de Dickens («¡Libros, mandadme libros para que mi alma no muera!», cuenta Federico García Lorca que dijo). En 1861, después de su liberación, escribió *La casa de los muertos,* basado en esa experiencia.

Poco después se vio forzado a servir durante seis años en el Ejército destacado en Semipalatinsk. También dio clase en varios colegios para niños y entró en contacto con familias ricas, entre ellas la del teniente coronel Belikov, que lo invitaba a menudo a su casa. En una de esas visitas conoció a la familia de Alexander Isaev y su esposa María, de quien se enamoró. Alexander murió en 1855 y María y su se hijo fueron a vivir con él. En 1856, Dostoyevski escribió una carta de disculpa por su actividad en varios de aquellos Círculos Utópicos, y obtuvo el derecho a publicar libros y a casarse, aunque permaneció bajo vigilancia policial por el resto de su vida. María y él se casaron en 1857, aunque con muchas dudas por parte de ella. Debido a los ataques de él, la vida familiar no fue fácil para María, añadiéndose los problemas económicos. Vivían prácticamente separados. En 1859 fue licenciado del servicio militar obligatorio por su mala salud y se le concedió permiso para volver a San Petersburgo.

Su cuento *Un pequeño héroe* fue publicado en un periódico, y otras dos obras breves, *El sueño del tío* y *El pueblo de Stepanchikovo*, se publicaron en 1860; *Humillados y ofendidos* se publicó en una revista. En 1862 hizo un extenso viaje por Europa, visitando varias ciudades alemanas, Bélgica, París y Londres. Viajó también por Suiza y algunas ciudades italianas, como Turín, Livorno y Florencia. Escribió sus impresiones de viaje en su ensayo *Notas de invierno sobre las impresiones de verano,* en el que criticaba al capitalismo, la modernización social, el materialismo, el catolicismo y el protestantismo.

Entre agosto y octubre de 1863 hizo otro viaje a la Europa occidental. En París conoció a Polina Suskova, su segundo amor, y perdió casi todo su dinero en los casinos por su adicción al juego. En 1864 murieron su esposa y su hermano, con lo que Dostoyevski se encontró responsable de su hijastro y de la familia de su hermano, pudiendo sobrevivir con la ayuda de parientes y amigos. Las dos primeras partes de *Crimen y castigo* se publicaron en 1866 en un periódico, con lo que éste consiguió muchos suscriptores nuevos. Con la ayuda de la taquígrafa Anna Snitkina escribió *El jugador* en veintiséis días. Y se casó con ella en 1867. El dinero conseguido con *Crimen y castigo* fue insuficiente para cubrir deudas, y ella se vio forzada a vender sus objetos de valor, con lo que pudieron hacer el viaje de luna de miel en 1867, por Alemania, donde él volvió a perder dinero en la ruleta.

Su primera hija, Sofya, nació en 1868, pero murió de neumonía tres meses después. La pareja viajó a Ginebra y luego a Milán y Florencia, donde en 1869 él terminó de escribir *El idiota*. Su segunda hija, Lyubov, nació en 1869 y Anna dijo que él había abandonado el juego después de esto. La familia llegó a San Petersburgo en julio de 1871, después de una luna de miel que había durado más de cuatro años. Seguían los problemas de dinero y tuvieron que vender sus últimas posesiones. Su hijo Fiódor nació ese año. Esperaban eliminar sus grandes deudas vendiendo un casa, pero sólo consiguieron un precio bajo. Anna consiguió hacerse con dinero por los derechos de autor de las obras de Fiódor y negoció con los acreedores. En 1872, la familia pasó varios meses en el balneario de Staraya y regresó a San Petersburgo. Allí terminó de escribir *Demonios,* que fue publicado en 1873 por la editorial que había fundado con su esposa. Esta empresa resultó rentable. Dostoyevski publicó sus ensayos conocidos como *El diario de un escritor* en el periódico *El Ciudadano,* con un salario anual fijo. Su salud empezó a deteriorarse y los médicos le aconsejaron buscar una cura fuera de Rusia. Consultó con un médico en Enns (Austria), que le diagnosticó una inflamación aguda. Anna propuso que pasaran el invierno en Staraya para que él pudiera descansar, aunque en Enns había mejorado. En 1875 terminó de escribir *El adolescente.*

En 1876 siguió trabajando en su *Diario;* de esta colección de ensayos y cuentos se vendió el doble de ejemplares que sus libros anteriores. La gente le escribía y lo visitaba más que nunca. La familia compró una casa de campo (dacha) en Staraya. Allí volvió a tener problemas de salud en 1876, los médicos de Enns le dijeron que viviría otros quince años si se instalaba en un clima más saludable. A su vuelta, el zar ordenó que fuese a Palacio para presentarle el *Diario,* y le pidió que fuese tutor de sus hijos. Esto consagró la gran popularidad de Dostoyevski en los salones de la ciudad. Su salud empeoró, y en marzo de 1877 tuvo cuatro ataques epilépticos. Fue nombrado miembro honorario de la Academia Rusa de Ciencias en 1879, y recibió más honores y nombramientos. Ese año fue diagnosticado de enfisema pulmonar, que los médicos no podían curar, y su hijo Alyosha, también epiléptico, murió de un ataque.

El 8 de febrero de 1881, la policía secreta zarista hizo un registro en la casa de un vecino suyo. Al día siguiente, Dostoyevski sufrió una hemorragia pulmonar. Tras sufrir un segundo ataque, Anna llamó a los médicos, que emitieron un pronóstico negativo. Poco después tuvo un tercer episodio de hemorragia. Pidió ver a sus hijos antes de morir para que ante él les leyeran la Parábola del Hijo Pródigo, algunas de cuyas palabras figuran en su lápida. Su cuerpo fue colocado sobre una mesa, según la costumbre rusa; fue enterrado en el cementerio Tijvin, cerca de sus poetas favoritos. Cientos de miles de personas atendieron el funeral.

Las obras literarias de Dostoyevski comprenden trece novelas, tres novelas cortas, diecisiete narraciones cortas y numerosas otras obras. Sus libros, considerados muchos de ellos como obras maestras, se han traducido a más de ciento setenta idiomas y han servido de inspiración para muchas películas.

NOCHES BLANCAS

Esta novela corta fue publicada en 1848 con el título añadido de *Novela sentimental. De los recuerdos de un soñador.* Está contada en primera persona por un narrador que no conocemos.

En las latitudes altas de Rusia, en la época del solsticio de verano, se dan atardeceres muy tardíos y amaneceres muy tempranos, haciendo que las noches no sean oscuras. Este fenómeno se conoce como «noches blancas». Dostoyevski sitúa durante estas noches la narración del joven soñador y solitario protagonista que cree haber encontrado un alivio a su soledad no deseada.

El joven soñador pasea por las calles y encuentra a Nastenka, una joven que lo hechiza. Ella está apoyada en la barandilla del puente, él se preocupa y le pregunta si le ocurre algo. Ella se aleja, pero es atacada por un borracho y el joven la defiende. Ambos conversan después y surge una simpatía mutua. La acompaña a su casa y le va confesando su timidez. Al llegar, le pregunta si volverá a verla, y dice que la esperará cada noche en el puente. La noche siguiente, ella le cuenta su historia, y le dice que vive con su abuela y que alquilan una habitación de la casa. Nastenka se enamora del inquilino, que tiene que partir, pero que le asegura que volverá al año siguiente. A esas alturas, el narrador está enamorado de ella, pero entonces aquél que marchó regresa...

De esta novela se han hecho muchas versiones, destacando la dirigida en 1957 por Luchino Visconti.

Es un relato corto de 1887 escrito en primera persona, en el que se cuenta la revelación que tuvo el protagonista y narrador por un sueño utópico.

El narrador vive en una situación absurda porque está convencido de que la existencia carece de sentido, llega a afirmar que las cosas no son más que apariencias, de modo que se instala en un solipsismo completo. Una noche, el narrador pasea por las calles y divisa una estrella solitaria que reaviva la idea de suicidio que consideraba hacía tiempo. Aparece una niña, que le pide que ayude a su madre moribunda. Él la rechaza. De vuelta en su casa, se sienta frente a un revólver y da en considerar una serie de interrogantes hasta quedarse dormido. En el sueño sigue considerando los asuntos que lo preocupan, que se suicidaba y lo enterraban, que rogaba el perdón de un Ser superior. En ese momento, su ataúd se abre y es llevado al espacio, donde se le devuelve la vida. El Ser lo lleva a un planeta similar a la Tierra, en un lugar parecido al archipiélago griego. Poco después, le parece al observar a sus gentes que está en una especie de Paraíso, donde se queda muchos años. Pero aquellas gentes buenas aprenden de él, lo que resulta nefasto. Se despierta, y explica que la realidad podría no ser más que un sueño: «¿Qué importa que no haya sido más que un sueño?... Mi sueño se ha convertido para mí en anunciador de una vida nueva, inmensa, regenerada y fuerte».

El narrador es un hombre nuevo, rechaza el revólver y busca a la niña que despreció para empezar a predicar lo aprendido.

El señor Prokharchin

Este es un cuento que no iba a ser un cuento, sino un relato más extenso. Dostoyevski acabó renegando del personaje, ya que entre lo que había ideado y lo que le permitió la censura había tanta diferencia, que no podía quedar satisfecho con su obra. No obstante, a pesar de esos recortes, Dostoyevski logra describir con maestría un personaje arquetípico y explorar sus tormentos interiores.

Prokharchin es un personaje ni pobre ni rico, alguien a quien no le iba mal, pero que finge que le va aún mejor, pues en su mundo ser rico es un sueño habitual y valorado. Dostoyevski nos lo presenta como un avaro arquetípico, de los que suscitan las burlas. Nada agradable, pues; pero el autor quiere presentarnos a ese hombre desde otro punto de vista y muestra las debilidades de aquel pobre bufón. Eso hace que el objeto de burla, entendido como un perfecto miserable, se convierta en un pobre hombre desgraciado ante nuestros ojos.

POLZUNKOV

En mayo de 1847, la obra de Dostoyevski sobre un personaje bufonesco apareció en forma de folletín en el diario *La crónica,* de San Petersburgo. Polzunkov es el hombre que, por puro servilismo, es capaz de parecer un bufón; pero bajo la máscara que reviste oculta internamente un gran resentimiento y amargura por sentirse humillado, lo que le lleva a la ira contra los demás. Según el propio Dostoyevski, la desconfianza ambiciosa y el orgullo agudizado por el dolor son característicos de personas narcisistas que se ven humilladas debido a la desigualdad social.

El personaje principal, Osip Polzunkov, está en una reunión de la sociedad de San Petersburgo y atrae la curiosidad de todos por sus modales expresivos, por su deseo de ser el centro de atención y por su extraño aspecto bufonesco, que contrasta con su exquisita vestimenta. Invita al grupo a que escuchen el relato sobre un oficial del Ejército, para lo cual se sube a una silla y empieza a hablar torrencialmente. Según su relato, el propio Polzunkov pretendía a la hija del oficial, pero al no ser de alta cuna es rechazado por los padres. Para vengarse, sorprende los sobornos del oficial, que es su jefe, y lo denuncia.

Se produce entonces una situación típica de farsa o de vodevil, en las que unos y otros juegan con peligrosas bromas, en las que Polzunkov no sale bien parado.

NOCHES BLANCAS

y otros cuentos

NOCHES BLANCAS

Una novela sentimental
(De las memorias de un soñador)

La primera noche

Era una noche maravillosa, la clase de noche que sólo puede darse cuando somos jóvenes, querido lector. El cielo lucía despejado y tan plagado de estrellas que una mirada era suficiente para hacer que uno se dijera: de seguro que es imposible que personas hostiles y molestas puedan existir bajo un cielo así, ¿cierto? Esa también es una pregunta de persona joven, querido lector, por supuesto que sí, pero ¡ojalá el buen Dios te la imponga de vez en cuando! Hablando de diversos caballeros hostiles y malencarados, no pude evitar recordar mi propio comportamiento impecable durante todo ese día. Desde muy temprano esa mañana, me había visto atormentado por un singular sentimiento de desaliento. De repente, había comenzado a imaginar que todo el mundo me estaba abandonando, que todos se alejaban de mí puesto que yo era el tipo solitario que soy. Por supuesto, bien podrían preguntarse: ¿quién demonios es ese «todo el mundo»? Pues para entonces ya llevaba ocho años viviendo en San Petersburgo y apenas había conseguido entablar una sola amistad. Aun así, ¿qué necesidad tengo de amistades? Yo estaba familiarizado con todo San Petersburgo, en cualquier caso, y por eso me imaginé que estaba siendo abandonado cuando todo San Petersburgo hizo bruscamente el equipaje y se marchó al campo. Me sentí aterrorizado de ser abandonado a mi suerte y vagué por la ciudad durante tres días sin parar en un estado de profunda pena, sin la menor noción de qué era lo que me pasaba. Tanto si iba a la Avenida Nevsky o al Jardín de Verano, tanto como si me paseaba por el muelle... no me encontraba con un solo rostro de aquellos a los que me había acostumbrado a encontrar allí en un momento dado durante el transcurso del año. Ellos no me conocen, claro, pero yo sí que los conozco. Los conozco íntimamente; he llegado a conocer todas sus expresiones. Mis ojos se dan un festín cuando están alegres y se sienten alicaídos cuando se muestran tristes. Prácticamente he entablado amistad con el viejo con el que me encuentro cada bendito día, a una hora concreta, junto al Canal Fontanka. Posee un semblante tan grave y pensativo, perpetuamente susurrando para sí mientras blande su brazo izquierdo. En su otra mano porta un bastón con pomo dorado, largo y nudoso. La verdad es que ha llegado a ser consciente de mi presencia y se toma un cordial interés. Si yo no estuviera en ese lugar a la hora adecuada, estoy convencido de que se desanimaría. Por esta razón a veces casi nos saludamos, en especial cuando ambos nos encontramos de buen humor. No hace mucho, cuando no nos vimos durante dos días completos y nos encontramos al tercero, estuvimos a punto de llevarnos la mano al sombrero, pero, por fortuna, lo reconsideramos a tiempo, dejamos caer nuestras manos y pasamos junto al otro con total diligencia.

Las casas en sí me resultan conocidas. Cuando voy caminando, cada una de ellas parece deslizarse hacia la calle y mirarme con todas las ventanas, como si dijeran: «Buenos días, ¿cómo se encuentra hoy? Yo me siento muy bien, bendito sea; de hecho, me van a añadir un nuevo piso en mayo». O quizá: «¿Qué tal está? Van a hacerme obras mañana». O puede que digan: «Casi ardí hasta los cimientos, ¡vaya susto me llevé!». Y así sucesivamente. Tengo mis favoritas entre todas ellas, mis amigas íntimas; una de ellas pretende recibir el tratamiento de un arquitecto este verano. Me propondré pasarme por allí cada día para asegurarme de que no se exceda con las renovaciones, Dios no lo quiera... Nunca olvidaré lo que le pasó a una preciosa casita de campo de color rosa. Era una casita de piedra tan dulce y pequeñita, y me miraba con tanta bondad y tan orgullosa ante sus chabacanas vecinas, que mi corazón se regocijaba sin falta cada vez que pasaba por allí. Entonces, de repente, la semana pasada, mientras iba caminando por la calle y posé mi mirada en mi amiga, oí un grito lastimero: «¡Van a pintarme de amarillo!». ¡Villanos! ¡Bárbaros! No escatimaron en nada, ni en columnas ni en cornisas, y mi amiga se volvió tan amarilla como un canario. El incidente me asqueó bastante y desde entonces no me ha apetecido ver a mi pobre y desfigurada amiga, ahora pintada del color del imperio celestial.

De modo que ahora ya entiendes, querido lector, de qué modo estoy familiarizado con todo San Petersburgo.

Ya he dicho que me sentí atormentado por la ansiedad durante tres días hasta que adiviné lo que la estaba provocando. Me sentía inquieto en el exterior (fulanito y menganito están ausentes, ¿a dónde se ha ido fulanito?) y tampoco era yo mismo en casa. Pasé dos noches intentando decidir qué tenía de malo mi pequeño rincón. ¿Por qué me sentía tan incómodo allí? Perplejo, examiné mis paredes verdes, sucias por el humo, y el techo del que colgaban las telarañas que Matriona cultivaba con tanto éxito. Miré todos mis muebles, inspeccionando cada silla, preguntándome si ahí era donde residía el problema (porque me desorientaba si una sola silla se encontrara en un lugar diferente al del día anterior) y luego miré por la ventana. Todo en vano... No supuso ni la más mínima diferencia. Incluso se me metió en la cabeza llamar a Matriona para echarle de inmediato un paternal rapapolvo sobre las telarañas y su dejadez en general, pero ella tan sólo me dedicó una mirada atónita y se marchó sin decir palabra; de modo que las telarañas llevan colgando allí desde entonces, sanas y salvas. Fue sólo esta mañana cuando finalmente me percaté de cuál era el problema. ¡Por supuesto que lo sabía! ¡Me estaban abandonando y se estaban largando a sus dachas! Disculpen mi lenguaje vulgar, pero no me sentía con ánimos para frases más nobles... Después de todo, cada una de las personas en San Petersburgo ya se había mudado o estaban en proceso de mudarse a sus villas en el campo. A mis ojos, todo hombre digno de respetable apariencia que alquilaba un carruaje, de inmediato se transformaba en un noble padre de familia que viajaba, libre de responsabilidades tras realizar sus obligaciones oficiales diarias, de vuelta al corazón de su familia en la dacha. Esto era así porque ahora cada transeúnte poseía un aire de lo más peculiar sobre su persona, un aire que virtualmente le hablaba a cualquiera que se encontrara: «Nosotros, caballeros, sepan que solo estamos aquí de paso, y dentro de dos horas nos marcharemos a la dacha». Si una ventana se abría tras un preliminar tamborileo de deditos blancos como el azúcar y, para llamar a la florista, emergía la cabeza de una bonita joven, yo saltaba de inmediato a la conclusión de que la razón de su compra no era el poder disfrutar de la primavera y sus flores en un sofocante apartamento urbano, sino que estaban todos a punto de partir hacia su dacha y se llevaban las flores con ellos. Además, yo me había convertido en todo un experto en mi nuevo y singular modo de investigación, de manera que sólo con mirarlos podía deducir de forma infalible el tipo de dacha que poseían. Los habitantes de Kamenny o de las islas Aptekarsky, o de la calle Peterhof, se distinguían por la estudiada elegancia de sus modales, sus vestidos veraniegos a la moda y los espléndidos carruajes que conducían por la ciudad. Aquellos que vivían en Pargolovo y los lugares más periféricos sobresalían de inmediato con su sólido aire de sabiduría mundana, mientras que los residentes temporales de la isla Krestovsky eran notables por su aspecto de imperturbable buen humor. Si resultaba que me cruzaba con una larga procesión de carreteros que caminaban perezosamente, con las riendas en la mano, junto a carretas abarrotadas con muebles de todo tipo, mesas, sillas, divanes turcos y no turcos, así como con otros bienes y enseres domésticos, sobre cuya cima a menudo presidía una delgada cocinera, que vigilaba los bienes de su señor como si fueran la niña de sus ojos. O si veía barcos cargados con pertenencias del hogar deslizarse por el Neva o el Fontanka hacia el río Negro y las islas... esas carretas y barcos se multiplicaban por diez, por cien en mi imaginación. Parecía que todo se había dispuesto y se había marchado, todo había emigrado en caravanas completas hacia la dacha. Parecía que San Petersburgo estaba amenazando con convertirse en un desierto, tanto así que al final comencé a sentirme avergonzado y tristemente resentido; yo no tenía una dacha ni ningún pretexto para acudir a una. Estaba preparado para marcharme con cada carga, con cada digno individuo de respetable aspecto que alquilaba un carruaje, pero nadie en absoluto me invitó, nadie; era como si se hubieran olvidado de mí, como si yo fuera en realidad algo extraño para ellos.

Caminé mucho y durante largos períodos de tiempo, ingeniándomelas, como era mi costumbre, para volverme totalmente ajeno a lo que me rodeaba. De repente me encontré ante una de las puertas de la ciudad. En ese instante, mi ánimo se elevó y atravesé la barrera para emprender camino junto a campos cultivados y prados. No sentía ni un ápice de fatiga; tan sólo sentía con cada fibra de mi ser que se me estaba quitando un peso de encima. Todos los viandantes me miraban de un modo tan amistoso que de verdad parecían estar a punto de saludarme; algo les producía tal estado de felicidad que todos estaban fumando puros. Y yo también me sentía contento de un modo como no me había sentido antes. Era como si, de repente, me hubiera encontrado en Italia, tan poderoso efecto ejercía la natural escena sobre mí, un habitante de la ciudad semiinválido, casi sofocado por hallarse recluido dentro de la ciudad.

Existe algo inevitablemente conmovedor en el campo de nuestro San Petersburgo cuando, con la llegada de la primavera, la naturaleza de repente explota con toda su fuerza, con todo el poder que le ha sido concedido por el cielo; ella se engalana con sus mejores galas, alegre con sus flores... Consigue que se nos venga a la cabeza alguna frágil y enfermiza joven a la que a veces miramos con lástima, incluso con una suerte de amor compasivo, y que para otros simplemente pasa desapercibida, pero que de repente, en un instante, se vuelve inexplicable y maravillosamente hermosa mientras que tú, sobrecogido y arrobado, te ves obligado a preguntarte qué poder ha conseguido que esos tristes ojos pensativos brillen con tanto fuego, qué poder ha convocado la sangre para que acuda a esas mejillas pálidas y enjutas, qué ha infundido pasión en esos gentiles rasgos, por qué su pecho palpita así, qué ha conjurado de repente animación, fuerza y belleza en el rostro de esa pobre chica para hacer que brille con tal sonrisa y que se anime con chispeante sonrisa que deslumbra de tal modo. Miras a tu alrededor, lleno de conjeturas, buscando a alguien... Pero el momento ha pasado y al día siguiente, quizá, volverás a encontrarte con la misma mirada abstraída y taciturna de antes, el mismo rostro demacrado, los mismos movimientos tímidos y reticentes, posiblemente acompañado de una sensación de remordimiento o incluso trazas de una especie de irritación entumecida y dolorida por haberte dejado llevar por un momento... Lamentas que esta fugaz belleza haya languidecido de un modo tan rápido e irrevocable, que haya parpadeado de forma tan seductora, con tanta vanidad delante de ti... Lamentas que no hayas tenido tiempo de enamorarte de todo eso...

Y a pesar de todo, ¡mi noche fue incluso mejor que mi día! Esto es lo que aconteció.

Regresé a la ciudad muy tarde y ya habían dado las diez cuando me iba acercando a mi apartamento. Mi camino me llevó junto a la orilla de un canal donde, a esa hora, no se veía ni a un alma. Por supuesto, vivo en un distrito de la ciudad muy remoto. Iba caminando y canturreando porque, cuando soy feliz, siempre tarareo algo para mí, como cualquier otro individuo feliz que no tiene amigos ni gente cercana con los que compartir su alegría en un momento de gozo. De repente, me vi envuelto en una aventura de lo más inesperada.

Justo en uno de mis laterales, apoyada contra la barandilla del canal, se encontraba una mujer; con sus codos apoyados contra el herraje, era evidente que estaba mirando fijamente las turbias aguas del canal. Llevaba un gorro del más dulce color amarillo y una encantadora mantilla negra. «Es una joven y seguro que sus cabellos son negros», pensé. No obstante, al parecer no había oído mis pasos y ni siquiera se movió cuando caminé junto a ella con el alma en vilo y mi palpitante corazón. «Es raro —pensé—, debe de estar muy preocupada por algo». Y entonces me detuve de repente, paralizado. Había percibido el sonido de sollozos contenidos. ¡Sí! Mis oídos no me habían engañado; la muchacha estaba llorando y un momento más tarde me llegaron muchos más sollozos. ¡Cielo santo! Se me encogió el corazón. Puede que sea tímido en lo que respecta a las mujeres pero ¡en tal momento! Me giré y caminé hacia ella; ciertamente habría lanzado un «¡Señora!» si no hubiera sido consciente de que la exclamación había sido usada mil veces en todas las novelas rusas sobre la alta sociedad. Eso bastó para prevenirme. Pero mientras andaba en busca de las palabras adecuadas, la muchacha se recompuso, miró a su alrededor, se percató de la situación y, con la mirada baja, se deslizó junto a mí por el muelle. De inmediato quise seguirla, pero ella adivinó mis intenciones y, saliendo del muelle, cruzó la calle y se marchó por la acera. No me atreví a cruzar tras ella. Mi corazón revoloteaba como un pájaro prisionero. De pronto, un incidente fortuito acudió en mi ayuda.

Al otro lado de la calle, no lejos de mi desconocida dama, apareció de súbito un caballero vestido con levita. Era de edad respetable, pero estaba lejos de poseer un porte respetable. Se aproximaba, trastabillando un poco y apoyándose con cuidado contra la pared. La muchacha, mientras tanto, iba caminando tan derecha como una flecha, del modo rápido y nervioso que todas las muchachas utilizan cuando se sienten reticentes a que nadie se ofrezca como voluntario para escoltarlas a su casa de noche; por supuesto, no había ninguna oportunidad de que el bamboleante caballero la alcanzara, si no fuera porque mi fallido intento lo animó a recurrir a medidas especiales. Con brusquedad, sin avisar a nadie, mi caballero saltó hacia delante y corrió tan rápido como le permitían las piernas para alcanzar a la muchacha desconocida. Ella caminaba como el viento, pero el tambaleante caballero se acercaba cada vez más y entonces la adelantó. La muchacha gritó y... bendigo a los hados por el excelente bastón nudoso que resultó estar en mi mano derecha en esa ocasión. En un instante me encontré en el lado más alejado de la calle; el indeseado caballero se dio cuenta de la situación al segundo, reconoció la irresistible fuerza de la razón y, en silencio, se quedó atrás. Sólo cuando estuvimos a una considerable distancia comenzó a vociferar sus protestas contra mí con términos bastante vigorosos. Pero sus palabras apenas nos alcanzaron.

—Deme su mano —le dije a mi misteriosa dama—, y no se atreverá a molestarnos de nuevo.

Ella me dio la mano sin decir palabra, todavía temblando por la ansiedad y el susto. ¡Ah, cómo bendije al indeseado caballero en ese momento! Le lancé una mirada fugaz. Había adivinado correctamente: tenía el cabello negro y era bonita en extremo. Lágrimas seguían brillando en sus oscuras pestañas, pero no supe decir si eran por su reciente sobresalto o por su anterior desasosiego. Sin embargo, una sonrisa jugaba ahora en sus labios. Ella también me dedicó una mirada encubierta, se ruborizó ligeramente y bajó la mirada.

—Ahí lo tiene. ¿Por qué diantres me rechazó? Si yo hubiera estado con usted, nada de esto habría pasado...

—Pero usted era un extraño. Pensé que usted también...

—Pero no me conoce ahora, ¿o sí?

—Un poco. Por ejemplo, ¿por qué está temblando?

—¡Ah, lo ha adivinado de inmediato! —respondí, emocionado porque mi muchacha fuera tan perceptiva; eso siempre es algo bienvenido en una muchacha bonita—. Sí, ha adivinado de inmediato qué tipo de hombre soy. Es cierto, soy tímido con las jóvenes; estoy tan nervioso como usted lo estaba hace solo un minuto, cuando ese hombre la asustó, no lo negaré... Soy yo quien se siente abrumado por los nervios ahora. Es como un sueño e, incluso en sueños, nunca imaginé que alguna vez estaría hablando con una mujer.

—¿Qué? ¿En serio?

—Sí, si mi mano tiembla es porque nunca ha tocado una mano tan bonita como la suya. He perdido la costumbre de las mujeres; es decir, no es que alguna vez haya estado acostumbrado; estoy solo, ¿sabe? Ni siquiera sé cómo hablar con ellas. Incluso ahora, no sé si le he dicho algo estúpido. Dígamelo con honestidad. Le aseguro que no me sentiré ofendido...

—No, para nada, para nada, todo lo contrario. Y si realmente insiste en que sea franca, le diré que a las mujeres les gusta esa suerte de timidez y, si quiere que continúe, también me atrae mucho a mí y no lo rechazaré hasta que lleguemos a la casa.

—Pronto conseguirá que deje de ser tímido —comencé a decir; me quedé sin aliento por el arrobo—, y ¡adiós a todos mis recursos!

—¿Recursos? ¿Qué recursos y para qué? Sepa que eso no es agradable en absoluto.

—Lo siento, no volverá a ocurrir. Ha sido un lapsus pero, en un momento como este, no puede esperar que yo no quiera...

—¿Se refiere a dar una impresión favorable?

—Bueno, sí, pero tenga compasión, se lo imploro. ¡Considere la persona que soy! Aquí estoy, ya con veintiséis años de edad, y nunca he salido con nadie. ¿Cómo diantres se supone que voy a tener labia para decir las cosas adecuadas? En cualquier caso, le conviene que todo sea transparente y honesto... No sé cómo mantenerme callado cuando mi corazón habla dentro de mí. Bueno, no importa... ¿Puede creerlo? Ni una mujer, ¡nunca! ¡Ni siquiera una amiga! Es todo con lo que sueño cada día, que finalmente conoceré a alguien en algún momento. ¡Ah, ojalá supiera cuántas veces he estado enamorado de ese modo!

—¿De qué modo se refiere? ¿Y se puede saber de quién se ha enamorado?

—Oh, de nadie, de un ideal, de la mujer con la que sueño. Me invento amoríos completos en mis sueños. ¡Ah, qué poco me conoce! Por supuesto que no he podido evitar cruzarme con una o dos mujeres, pero no son mujeres reales, todas eran caseras y ese tipo de cosas... Pero se reirá cuando le cuente que ha habido veces en las que pensé que podría entablar una conversación, justo así, con alguna dama de clase alta por la calle, naturalmente cuando ella estuviera sin supervisión; sin presunciones, por supuesto, con respeto, con sentimientos, y decirle que yo era un alma perdida en mi soledad, que ella no debería rechazarme, que yo no tenía los medios para conocer a cualquier otra mujer, y recalcarle que ciertamente era obligación de la mujer no despreciar la humilde plegaria de un desgraciado como yo. Que a fin de cuentas todo lo que pedía era oír un par de palabras de amabilidad humana, una muestra de preocupación, que ella no me rechazara de inmediato, sino que creyera lo que le estaba diciendo y me escuchara, que se riera de mí si eso le complacía, que me inspirase esperanza con solo un par de palabras, eso es todo, incluso si nunca volvíamos a vernos... Pero usted se está riendo... Aun así, es por eso por lo que le estoy contando todo esto...

—No se ofenda. Sólo me estoy riendo porque usted es su peor enemigo y, si tan sólo lo intentara, tal vez tuviera éxito, incluso en la calle; el modo más sencillo siempre es el mejor... a menos que ella fuera tonta o estuviera particularmente enfadada por algo, llegados a ese punto ninguna mujer decente se atrevería a mandarlo a paseo sin dedicarle esas palabras que usted le suplicó con tanta timidez... O no, ¡qué estoy diciendo! Por supuesto que ella supondría que usted era un loco. Yo estaba juzgando por mí misma. ¡Sé muchas cosas sobre el modo en el que la gente habla sin cesar!

—¡Oh, gracias! —exclamé—. No tiene ni idea de lo que acaba de hacer por mí.

—Venga, vamos, no es para tanto. Pero dígame cómo se dio cuenta de que yo era el tipo de mujer con la que... bueno, a la que consideraba digna de... consideración y amistad... en una palabra, que no era una casera, como usted las llama. ¿Por qué se decidió a acercarse a mí?

—¿Por qué? ¿Por qué? Pues usted estaba sola y ese hombre era demasiado atrevido... y está oscuro. Debe estar de acuerdo en que era mi obligado deber...

—No, no, antes de eso, en el otro lugar. Usted tenía la intención de hablarme, ¿no es cierto?

—¿En el otro lugar? Honestamente, no sé qué decir. Me temo... ¿Sabe? Me sentía realmente feliz hoy e iba cantando mientras caminaba. He estado fuera de la ciudad y nunca había experimentado tales momentos de felicidad antes. Usted... Quizá lo imaginé... Oh, perdóneme por recordárselo, pero pensé que usted estaba llorando y yo...

yo no pude soportarlo... se me encogió el corazón en el pecho. ¡Cielos! Seguro que se me permite sentir compasión por usted. Lo siento, he dicho compasión... Bueno, lo que quiero decir es que, de seguro, mi involuntario impulso de hablarle no le habría causado ofensa...

—No me lo recuerde. Ya basta, no siga —dijo la muchacha, quien bajó la mirada y me apretó la mano—. Yo soy la culpable por haber sacado el tema a colación, pero me alegro de no haberme equivocado con usted... Y ya he llegado a casa, es por aquí, hacia el callejón. Está a un paso... Adiós y gracias...

—Oh, pero ¿podemos... podemos volver a vernos? No podemos dejarlo así.

—Ahí lo tiene —dijo la muchacha entre risas—. Al principio usted solo quería unas palabras, y ahora... bueno, de todas formas no estoy diciendo ni que sí ni que no... Tal vez volvamos a encontrarnos...

—Vendré aquí mañana —dije—. Oh, perdóneme, estoy empezando a sonar insistente...

—Sí, usted es impaciente... casi insistente...

—Escúcheme, sólo escuche —interrumpí—. Perdóneme si vuelvo a decir algo equivocado, pero el hecho es que no puedo mantenerme alejado mañana. Soy un soñador; poseo tan poca vida real que considero momentos como este tan raros que no puedo evitar repetirlos en mis sueños. Soñaré con usted toda la noche, toda la semana, todo el año. Vendré aquí mañana sin falta, aquí a este mismo lugar, a esta precisa hora, y seré feliz mientras rememoro los sucesos de hoy. Aprecio este lugar. Ya tengo dos o tres lugares así en San Petersburgo. Una vez incluso comencé a llorar por mis recuerdos, como usted... ¿Quién sabe? Tal vez usted también estuviera llorando por sus recuerdos hace diez minutos o así... Lo siento, he vuelto a dejarme llevar; quizás usted fue una vez particularmente feliz aquí.

—Muy bien —dijo la muchacha—. Puede que yo también venga aquí mañana, a las diez en punto. Puedo ver que de nada sirve intentar mantenerle alejado... La verdad es que tengo que estar aquí. No piense que estoy concertando una cita; le estoy haciendo saber por adelantado que tengo que estar aquí para un asunto propio. Pero... bueno, se lo diré con franqueza, entonces... sería muy bueno que usted viniese. En primer lugar, podría darse otro suceso desagradable como el de esta noche, pero dejando eso aparte... lo que quiero decir es que siento ganas de verlo... para decirle un par de palabras. Pero vea que no vaya a pensar mal de mí ahora; no vaya a pensar que concierto citas así... ni siquiera lo estaría haciendo si... ¡Pero que eso sea mi secreto! Una condición por adelantado...

—¡Condición! Vamos, dígame, dígamelo todo por adelantado. Accedo a todo, estoy preparado para hacer lo que sea —exclamé extasiado—. Puedo garantizarle que seré respetuoso y haré lo que me diga... ya me conoce...

—Es precisamente porque le conozco por lo que le estoy invitando a venir mañana —dijo la muchacha, quien se echó a reír—. Le conozco hasta la médula. Pero veo que usted observa una condición: por encima de todo (solo sea bueno y haga lo que le pido, pues lo digo en serio), no se enamore de mí... No debe hacer eso, créame. Estoy preparada para ser amigos. Aquí tiene mi mano... Pero nada de enamorarse, ¡se lo suplico!

—Se lo juro —exclamé mientras tomaba su pequeña mano...

—Vamos, no jure. Soy muy consciente de que usted es capaz de estallar como la pólvora. No piense mal de mí por hablar así. Si sólo supiera... No tengo a nadie con quien hablar, nadie a quien pedirle consejo. Por supuesto que una no encuentra confidentes en las calles, pero usted es una excepción. Le conozco como si fuéramos amigos desde hace veinte años... No me defraudará, ¿verdad?

—Ya lo verá... pero no sé cómo voy a sobrevivir a las próximas veinticuatro horas.

—Duerma bien, buenas noches... y recuerde que ya he depositado mi fe en usted. Acaba de decir algo realmente bueno: ¡seguro que no hay que tener en cuenta cada emoción, ni siquiera la compasión humana! ¿Sabe? Lo ha dicho tan bien que la idea de confiar en usted se me ocurrió de inmediato...

—Por supuesto, pero ¿confiarme qué? ¿De qué se trata?

—Hasta mañana. Dejemos que siga siendo un secreto por el momento. Eso le convendrá; le conferirá al asunto un toque de romance. Puede que se lo cuente mañana, o tal vez no... Hablaré un poco más con usted, nos conoceremos mejor...

—¡Oh, se lo contaré todo sobre mí mañana! Pero ¿qué está sucediendo? De verdad que parece que esté sucediendo un milagro... Dios mío, ¿dónde estoy? No me diga que está enfada consigo misma por no haberme rechazado de plano, como puede que otras mujeres hayan hecho. Dos minutos y me habrá hecho feliz para siempre. Sí, feliz; ¿quién puede decirlo? Puede que haya conseguido que me reconcilie conmigo mismo, que haya resuelto todas mis dudas... Tal vez momentos como este me sobrevienen... Bien, se lo contaré todo mañana, lo descubrirá todo, todo...

—Muy bien, acepto. Usted me cuenta primero...

—Acordado.

Y nos separamos. Caminé toda la noche; no conseguí convencerme de regresar a casa. Me sentía tan feliz... ¡Hasta mañana!

La segunda noche

—¡Mire! ¿Lo ve? ¡Ha sobrevivido! —me dijo mientras reía y me tomaba de ambas manos.

—Llevo aquí desde hace dos horas. ¡No sabe todo lo que he pasado durante todo el día!

—Lo sé, lo sé... pero sigamos. ¿Sabe por qué he venido? No para hablar de sandeces como ayer. De ahora en adelante tenemos que actuar de un modo más sensato. Estuve pensando sobre ello durante horas la noche pasada.

—Pero ¿sobre qué? ¿Actuar con más sensatez sobre qué? Ardo en deseos de cumplir con mi parte pero, si le soy honesto, lo que está sucediendo ahora es el acto más sensato de toda mi vida.

—¿Lo dice realmente en serio? Bueno, para empezar, le suplico que no me apriete la mano tanto; en segundo lugar, tengo que anunciarle que le he dedicado a usted la mayor parte de mis pensamientos del día de hoy.

—¿Y bien? ¿Cuál fue el resultado final?

—¿El resultado final? Que tenemos que volver a empezar desde el principio porque hoy he decidido que sigo sin conocerlo en absoluto, que actué como una niña ayer, como una niña pequeña, y naturalmente transpiró que fue todo por culpa de mi buen carácter... quiero decir, que acabé por alabarme a mí misma como siempre sucede cuando comenzamos a analizar nuestras propias acciones. De modo que, para rectificar mi error, decidí realizar pesquisas más detalladas sobre usted. No obstante, como no hay nadie a quien pueda preguntarle sobre su persona, usted es el único que tiene que contarme todo lo que yo deba saber. ¿Qué clase de hombre es usted? Vamos, comience y cuénteme la historia de su vida.

—¡La historia de mi vida! —exclamé alarmado—. ¡La historia de mi vida! Pero ¿cómo sabe que mi vida tiene historia? No tengo una historia de mi vida...

—Entonces, ¿cómo ha vivido sin historia de vida? —interrumpió ella entre risas.

—Sin una historia de ningún tipo, así es como he vivido. Como dice el dicho, he vivido recluido, quiero decir completamente solo, absolutamente solo... ¿Entiende lo que eso significa?

—Pero ¿qué quiere decir... solo? ¿Nunca en toda su vida ha visto a nadie?

—Oh no, los veo con la mirada, pero estoy solo de igual modo.

—¿Cómo? ¿Quiere decir que en realidad no habla con nadie?

—Si nos referimos a hablar de un modo estricto, no.

—Entonces, ¿quién es usted? ¡Explíquese! Espere, puedo adivinarlo: es probable que tenga abuela, como yo. Ella es ciega y, durante toda mi vida, no me ha dejado ir a ninguna parte, de modo que prácticamente se me ha olvidado cómo hablar. Y cuando mi comportamiento fue detestable hace un par de años, ella vio que no podía retenerme, de modo que hizo que me presentara ante ella y sujetó con un imperdible mi vestido al suyo. Y así nos sentamos durante días interminables: ella teje medias, ciega como está, y yo me siento junto a ella para coser o leerle en voz alta. Es un modo extraño de vida, pero ya llevo dos años sujeta a su persona...

—¡Oh, cielo santo, eso es terrible! Oh no, la verdad es que no tengo una abuela así.

—Bueno, si no es eso, ¿cómo es que se queda sentado en casa?

—Escuche, ¿quiere saber el tipo de persona que soy?

—¡Sí, claro que sí!

—¿En el sentido estricto de la palabra?

—¡En el sentido más estricto de la palabra!

—Si de verdad debe saberlo, soy todo un personaje.

—¿Un personaje? ¿Qué tipo de personaje? —exclamó la muchacha, quien rompió a reír como si no lo hubiera hecho durante un año—. ¡Es toda una alegría estar con usted! Mire, ahí hay un banco.

Sentémonos. Nadie viene por aquí, nadie nos oirá y... ¡bueno, comience su historia! Porque no puede disuadirme de mis intenciones. Usted tiene una historia que contar y sólo está intentando mantenerla en secreto. En primer lugar, ¿a qué se refiere con lo de que es un personaje?

—¿Un personaje? ¡Un personaje es un excéntrico, un individuo ridículo! —respondí al tiempo que reía con ganas tras su hilaridad infantil—. Eso es un personaje. Escuche, ¿sabe lo que es un soñador?

—¡Un soñador! ¡Por supuesto que sí! Yo misma soy una soñadora. A veces, mientras estoy sentada junto a mi abuela, todo tipo de cosas cruza por mi cabeza. Una vez una empieza a soñar despierta, es fácil dejarse llevar... Bien podría estar casándome con un príncipe chino... Pero, a veces, soñar puede ser algo bueno. Aun así, quién sabe si es real, en especial cuando se tienen otras cosas en la cabeza también —añadió la muchacha, esta vez con un tono bastante grave.

—¡Excelente! Teniendo en cuenta que se ha casado con un príncipe chino, eso me lleva a pensar que usted me comprenderá por completo. Escúcheme, pues... Pero perdóneme, aún no sé su nombre.

—¡Por fin! Se ha tomado su tiempo antes de preguntar, ¿cierto?

—Oh, cielos, nunca se me pasó por la cabeza. Me estaba divirtiendo tanto...

—Mi nombre es Nastenka.

—¡Nastenka! ¿Y eso es todo?

—¿Todo? ¿No es suficiente, hombre insaciable?

—¿Suficiente? Todo lo contrario, es mucho, muchísimo, Nastenka, muchacha de buen corazón que me permite llamarla Nastenka de inmediato.

—¡Eso pensaba yo! ¿Y bien?

—Pues bien, Nastenka, sólo escuche este ridículo cuento.

Me senté junto a ella, adopté una actitud pomposa y pedante, y comencé como si estuviera leyendo de viva voz.

—En San Petersburgo, Nastenka, si todavía no es consciente de ello, existen algunos rincones de moderada extrañeza. Tales lugares no parecen ser visitados por el sol que brilla para todos los habitantes de San Petersburgo, sino por otro sol diferente, especialmente creado para esos rincones, un sol que brilla con una luz bastante distinta y peculiar. En esos rincones, dulce Nastenka, existe una suerte de vida totalmente diferente, nada similar a la que florece a nuestro alrededor aquí; el tipo de vida que podría existir en algún país de nunca jamás, no aquí en la oh-tan-seria época en la que vivimos. Esa otra vida es una mezcla de lo puramente fantástico, lo fervientemente idealista y, al mismo tiempo (¡ay, Nastenka!) lo zafiamente prosaico y ordinario, por no decir increíblemente banal.

—¡Cielos! ¡Vaya preámbulo! ¿A dónde demonios quiere llegar?

—Ya lo oirá, Nastenka (creo que nunca me cansaré de llamarla Nastenka), oirá que personas extrañas moran en esos rincones: los soñadores. El soñador, si se requiere una descripción precisa, no es una persona, sino una suerte de criatura sin género. Normalmente prefiere instalarse en algún lugar inaccesible, como para esconderse de toda luz diurna y, una vez se ha establecido, se aferra al lugar como un caracol o, al menos, como esa divertida criatura que es animal y casa a la vez, y que se llama tortuga. ¿Por qué cree que está tan enamorado de sus cuatro paredes, inevitablemente pintadas de verde, manchadas de hollín, deprimentes e imperdonablemente ensuciadas por el tabaco? ¿Por qué este ridículo individuo, cuando uno de sus pocos conocidos acude a verlo (obteniendo como resultado que tales conocidos desaparezcan), lo recibe de un modo tan avergonzado, adopta una expresión totalmente diferente, tan aturullado que bien podría haber cometido algún crimen entre sus cuatro paredes, como falsificar billetes o escribir versos para una revista, con una carta anónima anunciando que el auténtico poeta ha muerto y que su amigo considera su deber sagrado publicar sus efusiones? Dígame, Nastenka, ¿por qué esa conversación no puede comenzar entre ambos? ¿Por qué no hay risas ni conversación ingeniosa que surja de la lengua de este visitante casual y de su perplejo amigo, quien en otras ocasiones disfruta de la conversación animada y de las risas, así como de charlas sobre el bello sexo y otros temas ligeros? ¿Y por qué, por amor de Dios, sucede que este amigo, sin duda un reciente conocido en su primera visita (porque, siendo las cosas como son, no habrá una segunda), por qué este amigo se siente a su vez tan avergonzado, tan torpe a pesar de todo su ingenio (suponiendo que lo tenga), mientras mira el rostro desviado de su anfitrión? Este último, por su parte, ahora se siente completamente perdido, ciertamente desesperado tras sus titánicos y vanos esfuerzos por facilitar las cosas y animar la conversación, por mostrar que él también es capaz de ser mundano, de hablar del bello sexo, y que espera que mediante este esfuerzo por congraciarse con él imprima una buena impresión en el pobre hombre que erró de un modo lamentable al hacerle una visita. ¿Por qué, por amor de Dios, el visitante recoge de pronto su sombrero y se marcha con prisas al recordar de súbito algún asunto de urgencia sin precedentes, de algún modo rescatando su mano de la ardiente presión de su anfitrión, quien está haciendo todo lo posible por demostrar su arrepentimiento y salvar lo que ha salido mal? ¿Por qué el amigo que se marcha suelta una risita mientras sale por la puerta y se jura en ese instante nunca volver a visitar a este bicho raro, aun cuando el bicho raro está en el fondo de los tipos más destacados? Y aun así, al mismo tiempo, es incapaz de negarle a su imaginación una pequeña indulgencia, en concreto para comparar, aunque sea remotamente, el semblante de su reciente anfitrión durante la duración total de su encuentro con la mirada de un miserable gatito, encogido, aterrorizado y maltratado en general hasta el punto de sentir absoluto desconcierto por los niños que lo han atrapado de un modo tan traicionero y que, finalmente, ha buscado refugio en la oscuridad bajo una silla. Allí, durante toda una hora, debe enojarse a su antojo y bufar a voluntad y lavar su agraviado morrito con ambas zarpas y después, durante mucho tiempo, visualizar de forma prejuiciada la naturaleza y la vida... incluso las sobras de la cena de su dueño, guardadas para él por una ama de casa compasiva.

—Veamos —interrumpió Nastenka, quien había estado absorbiendo todo eso con perplejidad que hacía que mantuviera los ojos y la boca bien abiertos—. Ahora escuche. No tengo ni la más remota idea de por qué todo eso tuvo lugar y de por qué exactamente está exponiendo esas absurdas preguntas. Pero lo que sé seguro es que todos estos incidentes le sucedieron a usted sin ningún asomo de duda, palabra por palabra.

—Es absolutamente cierto —respondí con la más grave de las expresiones.

—Bueno, si es absolutamente cierto, continúe con la historia —respondió Nastenka—, porque me encantaría saber cómo va a acabar todo esto.

—¿Usted quiere saber, Nastenka, lo que nuestro héroe hizo en su rincón, o más bien yo, porque el héroe de todo este asunto soy yo, mi muy humilde persona? ¿Quiere saber por qué me sentí agitado y desequilibrado todo el día después de la repentina visita de un amigo? ¿Quiere saber por qué me hallaba nervioso, sonrojado cuando la puerta de mi habitación se abrió, por qué no pude hacerle frente a mi visitante y me derrumbé de forma tan vergonzosa bajo el peso de mi propia hospitalidad?

—Sí, claro que sí —respondió Nastenka—. De eso se trata. Pero, una cosa: usted cuenta la historia a la perfección, pero ¿podría hacerlo un poco menos perfecto? Es como si estuviera leyendo un libro.

—¡Nastenka! —dije con tono de severa solemnidad mientras me esforzaba por no reír—. Dulce Nastenka, sé que cuento la historia a la perfección, pero lo siento, no puedo contarla de otra manera. En este momento, dulce Nastenka, en este preciso instante, soy como ese espíritu del rey Salomón que permaneció en un jarrón de barro cocido durante mil años, bajo siete sellos, y quien, finalmente, ha retirado dichos sellos. Dulce Nastenka, ahora que hemos vuelto a reunirnos después de una separación tan larga, porque la conozco desde hace mucho tiempo, Nastenka, he estado buscando a alguien durante tanto tiempo, y esta es una señal de que era usted a quien buscaba y estábamos destinados a encontrarnos... En este momento en el que hemos vuelto a encontrarnos, mil válvulas se han abierto dentro de mi mente y debo derramar un río de palabras o me ahogaré. Y así, le suplico que no me interrumpa, Nastenka, sólo escuche con resignación y obediencia. De otro modo, no continuaré.

—Oh no, no, no, ¡Dios no lo quiera! ¡Continúe! No diré ni media palabra a partir de ahora.

—Muy bien. Hay en mi día, querida Nastenka, una hora que me encanta por encima de todas las demás. Es precisamente esa hora en la que todos los negocios, obligaciones y compromisos cesan, y todo el mundo se apresura hacia sus casas para cenar o tumbarse a descansar, y mientras van de camino contemplan otras alegres sensaciones que tocan la velada, la noche y el resto del tiempo libre que tienen a su disposición. En ese momento del día, nuestro héroe también... Permítame, Nastenka, que cuente esto en tercera persona, porque sería terriblemente embarazoso hacerlo usando la primera persona. Pues entonces nuestro héroe, quien no ha estado desocupado, también avanza con presteza tras los demás a esa hora. Pero un extraño indicio de placer cruza su pálido y casi demacrado rostro. Contempla, presa de la emoción, la puesta del sol, que se desvanece despacio en el frío cielo de San Petersburgo. Digo contempla, pero eso no es cierto: más bien considera de un modo distante, como si estuviera agotado o simultáneamente preocupado con algo más, con algún asunto más atrayente, y así sólo es capaz de prestarle una fugaz, casi involuntaria, atención a su entorno. Se siente complacido porque, hasta la mañana, ha terminado con el negocio que encuentra tan fastidioso, feliz como un colegial liberado del aula y de vuelta a sus juegos y bromas favoritas. Mírelo de reojo, Nastenka: verá de inmediato que este sentimiento contento ya ha aliviado sus débiles nervios y su perversa e irritable imaginación. Ahora está perdido en sus pensamientos... ¿Cree que piensa en su cena? ¿En la noche que le espera? ¿En lo que ha encontrado su mirada? ¿En el caballero de allá, con su respetable apariencia, que acaba de inclinarse de un modo elaborado ante la dama que pasó junto a él en el brillante carruaje tirado por veloces corceles? No, Nastenka, ¿qué son tales naderías para él ahora? Ahora se está deleitando con la riqueza de su propia vida interior; de algún modo ha adquirido una repentina riqueza y es adecuado que el rayo de despedida del moribundo sol brille con tanta alegría delante de él y evoque en su encendido corazón un verdadero enjambre de sensaciones como respuesta. Ahora apenas advierte la carretera en la que, con anterioridad, el incidente más trivial llamaría su atención. Ahora «La diosa de la imaginación» (si ha leído a Zhukovsky, querida Nastenka) ha tejido su dorada urdimbre con mano caprichosa, deshaciendo ante él patrones de fantástica vida quimérica... Quién sabe, tal vez lo trasladó con esa mano caprichosa desde la excelente acera de granito, por la que se iba abriendo camino hacia su casa, hasta el séptimo cielo cristalino. Intente detenerlo ahora para preguntarle de repente dónde se encuentra, qué calles ha atravesado. Lo más probable es que no recuerde nada sobre donde ha estado o donde se encuentra ahora; rojo de irritación, seguramente se le ocurrirá alguna mentira para salvar las apariencias. Por eso se sobresaltó tanto, casi gritando al mirar a su alrededor alarmado, cuando una anciana muy respetable, al haberse perdido, lo detuvo educadamente en mitad de la acera para preguntarle por una dirección.

»Con una mueca de irritación, avanza a zancadas, apenas consciente de que varios transeúntes han sonreído al verlo y lo han seguido con la mirada, o que una niña pequeña, al dejarlo pasar con timidez, se rio a carcajadas mientras miraba con los ojos bien abiertos su amplia sonrisa de preocupación y sus brazos gesticulantes. Pero ese mismo poder de la imaginación ha alcanzado también a la anciana en su travieso vuelo, junto con los curiosos viandantes y la risueña niña, así como los hombres que pasan la noche en sus barcazas en ese lugar, bloqueando el Fontanka (suponiendo que nuestro héroe vaya caminando junto al río). Todo y todos han sido entretejidos con malicia en su diseño, como moscas en una telaraña, y con esta nueva adquisición, el excéntrico ha entrado ahora en su reconfortante guarida, se ha sentado a la mesa, ha cenado y ha bajado a la tierra sólo cuando su sirviente, la melancólica y siempre triste Matriona, ha recogido la mesa y le ha entregado su pipa. Bajó a la tierra y recordó con asombro que había cenado mientras permanecía totalmente ajeno a cómo había sucedido. La habitación se había oscurecido, su corazón está triste y melancólico, todo su reino de ensueño se ha derrumbado a su alrededor, derruido sin dejar rastro, sin ruido y sin alboroto, pasó como un sueño y ni siquiera él pudo volver a convocar la visión en su mente. Pero existe una vaga suerte de sensación que promueve una leve y dolorosa perturbación en su pecho, una novedosa suerte de seductor deseo que estimula y excita su imaginación, conjurando invisible una nueva horda de fantasmas. El silencio reina en la pequeña sala; la soledad y la ociosidad alimentan lo fantasioso, se reaviva un poco, hirviendo suavemente como el agua en la cafetera de la vieja Matriona mientras ella se ocupa plácidamente cerca, en la cocina, haciendo el café de su cocinera. Aquí llega ahora, empieza a abrirse camino con destellos; el libro, elegido sin sentido, al azar, cae de la mano de mi soñador antes de que llegue a la tercera página. Su imaginación se ve estimulada y sintonizada una vez más y entonces, de repente, un nuevo mundo encantado, con todas sus brillantes vistas, reluce de nuevo ante él. ¡Un nuevo sueño, nueva felicidad! ¡Un nuevo trago de sutil y sensual veneno! ¡Ah! ¿Qué le tenía preparado nuestra vida real? En su corrompida visión, nuestras vidas, la suya y la mía, Nastenka, son tan lentas, tan indolentes, tan inactivas; en su visión todos estamos descontentos con lo que nos ha tocado vivir, estamos agotados por nuestras vidas. Y la verdad es que es realmente cierto; vea como a primera vista nos tratamos tan fríamente y con hosquedad, casi con enojo. «¡Pobrecitos!» piensa mi soñador. ¡Y no es de extrañar! Sólo mire estas mágicas fantasías que toman forma frente a él, tan fascinantes e intricadas, que se estiran delante de él, tan amplias, sin límites, un espectáculo deslumbrante y animado, donde el héroe en primer plano es, por supuesto, nuestro soñador en carne y hueso. Vea la variedad de incidentes, el interminable fluir de entusiastas visiones. Tal vez se pregunte usted sobre qué está soñando. ¿Por qué preguntar? Él sueña sobre todo... El papel del poeta, al principio sin reconocer, después coronado con laureles; la amistad con Hoffman; la noche de San Bartolomé; Diana Vernon; el heroico papel de Iván el Terrible en la toma de Kazán; Clara Mowbray; Effie Deans; Huss ante el consejo de prelados; el alzamiento de los muertos en la ópera *Roberto el Diablo* (¿recuerda la música? ¡Huele a cementerio!); sobre Minna y Brenda; la batalla del Berézina; la lectura de un poema épico en casa de la condesa V. D.; Danton; Cleopatra *e I suoi amanti,*, todos sus amantes; la pequeña casa en Kolomna, y sobre su propia madriguera y la querida criatura que le escucha una noche de invierno, boquiabierta y con ojos bien abiertos, como usted me está escuchando en este momento, mi pequeño ángel... No, Nastenka, ¿qué hay... qué puede haber para un indolente hedonista como él en la suerte de vida que usted y yo tanto ansiamos? Es una existencia empobrecida, deplorable, de modo que él piensa, al fracasar en prever que para él también, quizá, la deprimente hora llegará en la que intercambiará todos sus años plagados de fantasías por un día de su lastimera vida... y lo hará sin expectativas de alegría o felicidad. En esa hora de tristeza, arrepentimiento y pena sin fin, tampoco se preocupará de elegir. Pero, hasta que llegue ese lúgubre tiempo, él no desea nada porque está por encima del deseo, lo tiene todo porque está saciado, porque es el artista de su propia vida y la crea para sí mismo por horas según el humor que lo domine en ese instante. ¡Y con qué facilidad, con cuanta naturalidad este fabuloso mundo de fantasía es creado! ¡Como si no fuera una fantasía en absoluto! A decir verdad, a veces está preparado para creer que esta vida no es un producto de excitación emocional en absoluto, no es un espejismo ni un engaño de la imaginación, sino la cruda realidad, el artículo verdadero, la realidad. Dígame por qué, Nastenka, por favor, dígame, ¿por qué resulta tan difícil respirar en tales momentos? ¿Por qué alguna fuerza mágica o misteriosa acelera el pulso del soñador, fuerza lágrimas en sus ojos y enciende sus pálidas y húmedas mejillas, cada fibra de su ser cubierta con un irresistible gozo? Dígame por qué enteras noches insomnes pasan como una flecha en una inagotable felicidad jovial, y cuando el amanecer brilla por las ventanas, rosa y radiante, y la luz del día ilumina la sombría alcoba con esa incierta luz fantástica que conocemos en San Petersburgo, nuestro soñador, cansado y agotado, se lanza sobre su cama y se queda dormido entre la gozosa satisfacción posterior de su dolorosamente conmovido espíritu y con tal dolor lánguido y dulce en su corazón.

»¡Sí, Nastenka, él se rinde a la ilusión y no puede más que creer que una pasión real y genuina está agitando su alma, que hay algo vital y tangible en sus visiones incorpóreas! Y vaya ilusión... Tome por ejemplo el amor que ha entrado en su pecho con toda su inagotable alegría, con todos sus agotadores tormentos... ¡Una mirada dirigida a él la convencerá! ¿Creería al mirarlo, dulce Nastenka, que nunca ha conocido en realidad a la mujer que ha amado tanto en su eufórica ensoñación? ¿Puede ser que sólo la haya visto en seductoras visiones y que esta pasión sea sólo un sueño? ¿No han pasado cierta y de veras muchos años de su vida tomados de la mano, los dos solos, el mundo perdido, uniendo su propio mundo, su propia vida a la del otro? ¿Puede ser que ella, bien entrado el día, cuando la hora de la despedida se aproximase, no se tumbara tristemente, sollozando sobre su pecho, ajena a la tormenta que estalla bajo el sombrío cielo, sorda a los vientos que arrancaban y se llevaban las lágrimas de sus oscuras pestañas? De seguro que nada de eso fue un sueño... ¡y el jardín, lúgubre, desolado y salvaje, con sus senderos cubiertos de musgo, aislado, apenado, donde habían paseado juntos tan a menudo, «por mucho tiempo y con ternura»! ¿Y esta extraña casa ancestral en la que ella vivió durante tanto tiempo, sola y triste con su taciturno y viejo marido, por siempre malhumorado y enfadado, asustándolos mientras, como niños timoratos, ocultaban su amor por el otro con triste aprensión? Las agonías que soportaron, el terror que sintieron en la casta inocencia de su afecto y, como es natural, querida Nastenka, la malicia que soportaban por parte de otras personas. Oh, dioses, ¿no se encontró realmente con ella con posterioridad, lejos de sus orillas nativas, bajo el ardiente mediodía de un extraño cielo sureño, en la maravillosa ciudad eterna, en un reluciente baile, bajo el atronador sonido de la música, en un palacete (ciertamente en un palacete), ahogados en un mar de luces, en ese balcón adornado con arrayán y rosas donde ella, al reconocerlo, se quitó la máscara con tal premura y, mientras susurraba «Soy libre» se dejó caer temblando entre sus brazos, mientras se aferraban el uno al otro con un grito de éxtasis, olvidando al instante su pena, su separación y todos los tormentos, la sombría mansión y el anciano, el deprimente jardín en su distante tierra natal y el banco donde, tras un último beso apasionado, ella se había arrancado de sus brazos, insensible por su torturada desesperación?

»Ah, usted debe aceptar, Nastenka, que usted también se sobre-saltaría y se sonrojaría de vergüenza, como un colegial que acaba de meterse en el bolsillo una manzana robada del jardín de su vecino, si un joven alto y fornido, un despreocupado payaso, se dejara caer sin anunciar, abriera su puerta y gritara con inocencia: «¡Acabo de llegar en este preciso instante desde Pávlovsk, viejo!». ¡Dios bendito! El viejo conde ha muerto, una indescriptible felicidad está al alcance de la mano y... ¡entra una persona de Pávlovsk!

Caí en un silencio emocional al haber concluido mi efusión de emociones. Recuerdo sentir un terrible deseo de reírme a carcajadas, sin importarme las consecuencias, porque ya sentía a un malévolo dia-blillo removiéndose dentro de mí, tenía un nudo en la garganta, mi bar-billa comenzó a temblar y mis ojos se volvieron aún más húmedos... Esperaba que Nastenka, quien me había estado escuchando con sus inteligentes ojos bien abiertos, explotara sin poderse reprimir con su alegre risa infantil, y ya me estaba arrepintiendo de haber llegado tan lejos; no debería haberle contado lo que llevaba cociéndose desde ha-cía tanto tiempo dentro de mi corazón hasta el punto de poder recitarlo como un libro. Hacía mucho que me había sentenciado a mí mismo y ahora no pude evitar leer la sentencia en alto, confesarlo todo, aunque no con expectativas de ser comprendido; sin embargo, para mi asom-bro, ella no dijo nada y, tras una pausa, apretó ligeramente mi mano y preguntó con cierta preocupación reservada:

—¿En serio ha vivido toda su vida así?

—Toda mi vida, Nastenka —respondí—. Toda mi vida, y parece que terminaré del mismo modo.

—No, no debe ser así —dijo perturbada—. Eso no sucederá, por-que de ese modo yo podría pasarme toda la vida con mi abuela. Mire, ¿sabe que vivir así no es bueno para usted?

—Lo sé, Nastenka, ¡lo sé! —exclamé, liberando mis emociones al fin—. Y ahora sé más que nunca que he desperdiciado mis mejores años. Me doy cuenta de ello ahora, y el conocimiento es mucho más doloroso porque Dios me la ha enviado a usted, mi buen ángel, para que me diga y demuestre ese hecho. Ahora, aquí sentado junto a usted, hablando con usted, me siento absolutamente aterrorizado por el futuro, porque en esa futura soledad acecha una vez más, de nuevo, esa existencia rancia y sin sentido. ¿Y qué habrá con lo que yo pueda soñar cuando, cerca de usted, ya he sido tan feliz en el mundo real? ¡Ah, sea clemente, querida muchacha que es usted, y no me abandone de inmediato para poder decir que he vivido al menos dos noches de mi vida!

—¡Oh, no! —exclamó Nastenka. Las lágrimas comenzaron a brillar en sus ojos—. No, no será así nunca más. ¡No nos separaremos así! ¡Qué son dos noches!

—¡Ah, Nastenka, Nastenka! ¿Se da cuenta de cómo me ha reconciliado conmigo mismo? ¿Se da cuenta de que ya no pensaré tan mal de mí mismo como he hecho en ocasiones? ¿Se da cuenta de que quizá ya no agonizaré sobre el hecho de haber pecado y cometido crímenes durante mi vida, porque esa suerte de vida es un pecado y un crimen en sí misma? Y no piense que he exagerado algo para usted, por favor, no piense eso, Nastenka, porque a veces tal angustia me sobrepasa, tal angustia... Porque en momentos como esos empiezo a pensar que soy incapaz de vivir una vida adecuada, parece que ya he perdido toda clase de juicio, cualquier entendimiento de lo real y lo factual. Porque, después de todo, he maldecido mi propio ser; porque tras mis noches de fantasía llegan momentos de sobriedad que son espantosos. Mientras tanto oye a la multitud humana tronar y arremolinarse a su alrededor en un torbellino vivo, oye y escucha a personas que viven... que viven en realidad, ve que para ellos la vida no es algo prohibido, su vida no pasa en retazos como sueños, como visiones; se renueva en perpetuidad, siempre es joven y ninguna hora es como cualquier otra. Mientras tanto, ¡cuán lúgubre y monótona y común es esta fantasía pusilánime, esclava de una sombra, de una idea, esclava de la primera nube que de repente oscurece el sol y aflige con tristeza el corazón del verdadero habitante de San Petersburgo que tanto aprecia su sol! ¿Y qué fantasía puede existir posiblemente en la tristeza? Siente que con el tiempo se cansará, que se agota en constante tensión esta fantasía inagotable, porque al fin y al cabo uno madura, supera sus antiguos ideales: se hacen añicos. Y si no se tiene otra vida, le corresponde construir una con esos mismos fragmentos.

»¡Mientras tanto, el alma exige y busca algo muy distinto! ¡Y el soñador en vano examina sus viejos deseos como cenizas, buscando en esas cenizas al menos unas chispas que pudieran avivarse hasta formar un fuego que caliente su helado corazón y resucitar de nuevo en él lo que anteriormente fue tan dulce, eso que tocó su alma, removió su sangre, limpió las lágrimas de sus ojos y lo engañó con tanta profusión! ¿Se da cuenta, Nastenka, de hasta dónde ha llegado la cosa? ¿Sabe que me siento impelido a celebrar el aniversario de mis propias sensaciones, el aniversario de lo que anteriormente me resultaba precioso pero que nunca existió en realidad, porque ese aniversario es celebrado en recuerdo de esos mismos sueños tontos e incorpóreos, y lo hago porque incluso esos tontos sueños ya no existen, pues carezco de los medios para merecerlos? Incluso los sueños tienen que ser merecidos, ¿verdad? ¿Se da cuenta de que en ciertas fechas disfruto recordando y visitando aquellos lugares donde una vez fui feliz a mi manera? Disfruto construyendo mi presente de acuerdo a cosas que ahora ya han pasado irrevocablemente, y a menudo voy a la deriva como una sombra, taciturna y triste, sin necesidad ni propósito, por las calles y callejones de San Petersburgo. ¡Qué recuerdos! Recuerdo, por ejemplo, que fue hace exactamente un año, aquí en este preciso momento, cuando vagaba por la misma acera tan solo y deprimido como estoy ahora. Recuerdo que, incluso entonces, mis sueños eran tristes y, aunque la situación no era mejor por aquel entonces, sigo teniendo la sensación de que vivir era, de algún modo, más fácil y más reposado, que no existían estos negros pensamientos que se aferran a mí ahora; no existían ninguna de estas punzadas de conciencia, lúgubres y cargadas de tristeza, que no me conceden la paz ni de noche ni de día. Usted puede preguntarse: ¿dónde están sus sueños ahora? ¡Y sacude la cabeza y dice que los años vuelan veloces! Y vuelve a preguntarse: ¿qué ha hecho con sus mejores años, pues? ¿Dónde ha enterrado los mejores días de su vida? ¿Ha vivido o no? Mira, se dice a sí misma, mira lo frío que se está volviendo el mundo. Los años pasarán y tras ellos llegará la desalentadora soledad, la edad anciana, temblando sobre su bastón, y después, tristeza y desesperación. Su mundo de fantasía palidecerá, sus sueños se desvanecerán y morirán, cayendo como las hojas amarillas de los árboles... ¡Ah, Nastenka! ¿No será una desgracia que me dejen a solas, completamente a solas, y que ni siquiera tenga nada de lo que arrepentirme... nada, nada en absoluto... porque todo lo que he perdido no era nada, una estupidez, un cero absoluto, todo ensoñaciones y nada más?

—¡Vamos, no haga que sienta más lástima por usted! —dijo Nastenka, quien se enjugaba una lágrima que caía rodando desde su ojo—. ¡Eso ya se acabó! Ahora estaremos juntos. Ahora, sin importar lo que me pase, nunca nos separaremos. Escúcheme. Soy una muchacha sencilla, sin muchos estudios, aunque mi abuela contrató a un tutor para mí; pero en realidad le entiendo porque todo lo que me ha relatado justo ahora yo también lo ha vivido cuando mi abuela me sujetó a su vestido. Por supuesto, yo no podría habérselo contado tan bien como usted lo ha hecho, al no haber recibido mucha educación —añadió con timidez, pues aún sentía cierto respeto por mi patético discurso y estilo pretencioso—. Pero me alegro de que haya sido completamente honesto conmigo. Ahora le conozco de forma adecuada, de cabo a rabo. Y, ¿sabe qué? Yo también quiero contarle mi historia, toda la historia, sin guardarme nada, y después usted me dará su consejo. Usted es un hombre muy inteligente. ¿Promete que me aconsejará?

—Ah, Nastenka —respondí—, aunque nunca he actuado como consejero antes, y mucho menos como uno inteligente, ahora puedo ver que si vamos a vivir así siempre, eso sería lo más inteligente que podría hacer y nos ofreceríamos el uno al otro montones de consejos inteligentes. Ahora bien, mi bella Nastenka, ¿qué consejo necesita, pues? Dígamelo directamente; estoy de muy buen humor, y me siento feliz, valiente e inteligente. Tendré mucho que decir.

—¡No, no! —interrumpió Nastenka entre risas—. No es un consejo sensato lo que necesito. Lo que necesito es un consejo cálido y humano, ¡como si usted me hubiera amado toda su vida!

—¡De acuerdo, Nastenka, de acuerdo! —exclamé eufórico—. Y aunque la amara desde hace veinte años, ¡no podría quererla más de lo que lo hago ahora!

—¡Su mano! —dijo Nastenka.

—Ahí la tiene —respondí al entregarle mi mano.

—Entonces, ¡qué comience mi historia!

La historia de Nastenka

—Ya usted conoce la mitad de mi historia, es decir, sabe que tengo una abuela anciana...

—Si la segunda mitad es tan breve como esa... —interrumpí risueño.

—Cállese y preste atención. Antes de empezar, tengo una condición: no me interrumpa o podría perder el hilo fácilmente. De modo que escuche en silencio.

»Tengo una abuela anciana. Vine a vivir con ella cuando era pequeña, porque tanto mi padre como mi madre habían muerto. Supongo que ella debe de haber sido rica en algún momento, porque incluso ahora sigue recordando días mejores. Fue ella quien me enseñó francés y luego contrató a un tutor. Cuando tenía quince años (ahora tengo diecisiete), nuestras lecciones llegaron a su fin. Esa fue la época en la que yo me comporté de forma traviesa, pero no le contaré qué fue lo que hice; baste decir que fue sólo una leve fechoría. Pero mi abuela me llamó una mañana a su presencia y dijo que, como ella estaba ciega, no sería capaz de mantenerme vigilada. Entonces tomó un imperdible y sujetó mi vestido al suyo, y en ese preciso instante me dijo que así nos sentaríamos a partir de ahora, a menos, por supuesto, que yo me portara mejor. En todo caso, al principio era simplemente imposible escaparme: tanto si trabajaba, leía o tomaba lecciones, siempre estaba a su lado. Una vez intenté engañarla y convencí a Fekla para que ocupara mi lugar. Fekla es nuestra doncella y es sorda. Se sentó donde normalmente lo hacía yo mientras mi abuela se quedaba dormida en su sillón y yo me marché para ver a una amiga no muy lejos de allí. Pues bien, todo acabó en lágrimas. Mi abuela despertó durante mi ausencia e hizo algunas preguntas, pensando que yo seguía sentada en silencio en mi lugar. Fekla podía ver que ella le estaba preguntando algo, pero no podía oír de qué se trataba y, tras mucha deliberación sobre qué hacer, desabrochó el imperdible y puso pies en polvorosa...

Llegados a este punto, Nastenka se interrumpió y comenzó a sacudirse de la risa. Me uní a sus risas, tras lo cual ella se detuvo de inmediato.

—Mire, usted no debe mofarse de mi abuela. Yo me estoy riendo porque es ridículo... ¿Qué diantres puedo hacer si mi abuela es realmente así? La sigo queriendo un poco. Bueno, la verdad es que me metí en un problema esa vez: me sentó junto a ella al instante y que Dios no permitiera que me moviera ni un milímetro.

»Y entonces se me ha olvidado contarle que tenemos... bueno, que mi abuela tiene una casa en propiedad, una pequeñita de sólo tres ventanas; está hecha de madera y es tan vieja como mi abuela. Tiene un ático arriba. Pues bien, un día, un nuevo inquilino se mudó allí...

—Entonces, ¿antes hubo un viejo inquilino? —comenté de pasada.

—Sí, por supuesto que lo hubo —respondió Nastenka—. Y sabía mantenerse callado mejor que usted. En realidad, apenas podía mover la lengua. Era un tipo arrugado, mudo, ciego y cojo, de modo que finalmente no pudo seguir viviendo en este mundo y se murió; entonces tuvimos que buscar a un nuevo inquilino, porque de otro modo no podríamos sobrevivir: eso y la pensión de mi abuela es virtualmente todos los ingresos que tenemos. Quiso la suerte que el nuevo inquilino fuera un hombre joven, un extranjero, no un hombre local. Como no regateó los términos del alquiler, mi abuela lo aceptó y luego preguntó: «Bueno, Nastenka, ¿nuestro inquilino es joven o qué?». Yo no tenía intención de mentir, de modo que dije: «No es exactamente joven, abuela, pero tampoco es un anciano». Y entonces mi abuela preguntó: «¿Y es bien parecido?».

»De nuevo, no quise contarle una mentira. «¡Sí, abuela, sí que lo es!». Pero mi abuela dijo: «¡Cielos, eso es un fastidio, es un fastidio! Escucha bien lo que te digo, nieta, no vayas a pensar en dejarte llevar. ¡A qué está llegando el mundo! Sólo un insignificante inquilino no debería sorprenderme, pero que también sea bien parecido... ¡No era así en los viejos tiempos!».

»Siempre se trataba de los viejos tiempos con mi abuela. Ella era más joven por aquel entonces. Y el sol calentaba más, la nata permanecía fresca por más tiempo... todo era más maravilloso entonces. De modo que allí estaba yo, sentada en silencio mientras reflexionaba: ¿Por qué diantres me estaba dando ideas mi abuela con sus preguntas sobre si el inquilino era joven y guapo? Pero eso fue todo, sólo un pensamiento, y entonces volví a contar puntadas, a tejer una media y me olvidé de todo ello.

»Entonces, una mañana el inquilino entró para recordarnos que le habíamos prometido empapelar su habitación. A mi abuela le encanta su propia voz y se tomó su tiempo para llegar al meollo del asunto:

«Ve a mi habitación, Nastenka, y trae mi ábaco». Me levanté de un salto al punto, me sonrojé por alguna razón y se me olvidó que seguía sujeta a ella; no pensé en desabrochar el imperdible en silencio para que el inquilino no lo viera, de modo que lo arranqué, arrastrando el sillón de mi abuela. Cuando vi que el inquilino ahora lo sabía todo sobre mí, me ruboricé y me quedé allí paralizada antes de estallar en lágrimas; me sentía avergonzada de un modo tan doloroso que podría haberme muerto. Mi abuela gritó: «Y bien, ¿qué haces ahí parada?», lo cual hizo que me sintiera aún peor... Cuando el inquilino vio que yo me sentía avergonzada por su presencia allí, se excusó y se marchó de inmediato.

»Después de eso, yo me moría ante cualquier ruido en el pasillo. Pensaba que sería el inquilino que se aproximaba y, por si acaso, desabrochaba con tranquilidad el imperdible. Pero nunca era él. Nunca vino. Pasaron quince días y el inquilino envió a decir con Fekla que tenía un montón de buenos libros en francés, y que yo podía leerlos si así lo deseaba y ¿no le gustaría a mi abuela que se los leyera para mantenerla entretenida? Mi abuela accedió a ello muy agradecida, aunque seguía preguntando si eran libros moralmente adecuados porque, si fueran inmorales, entonces dijo que yo no podría leerlos porque aprendería cosas malvadas.

»—¿Qué aprenderé, abuela? ¿Qué se incluye en esos libros?

»—Oh —dijo ella—, describen cómo los jóvenes llevan a las muchachas decentes por el mal camino; cómo fingen que quieren casarse con ellas y se las llevan de las casas de sus padres, pero luego dejan a estas desdichadas muchachas a merced de los hados y perecen del modo más lamentable. He leído muchos libros así —dijo mi abuela—, y todo está tan bellamente descrito que podrías quedarte levantada toda la noche leyéndolos a escondidas. De modo que —dijo—, procura no leerlos, Nastenka. ¿Qué tipo de libros ha enviado, pues?

»—Todo son novelas de Walter Scott, abuela.

»—¡Novelas de Walter Scott! ¿Quieres decir que no se trae nada entre manos? Échales un buen vistazo ahora para asegurarte de que no ha deslizado una nota de amor entre sus páginas.

»—No —dije—, no hay ninguna nota, abuela.

»—Ahora debes mirar dentro de la encuadernación; a veces las meten dentro de la encuadernación, los muy granujas.

»—No, abuela, tampoco hay nada dentro de la encuadernación.

»—Bien, ¡una bien pensaría que no!

»De modo que empezamos a leer a Walter Scott y terminamos la mitad de los libros en un mes o así. Después, él continuó enviando cada vez más libros, incluyendo a Pushkin, de modo que al fin empecé a adorar mis libros y dejé de soñar con casarme con un príncipe chino.

»Y así estaban las cosas cuando el azar quiso que me cruzara con el inquilino en las escaleras. Mi abuela me había enviado a buscar algo. Él se detuvo; yo me ruboricé y él hizo lo propio; entonces se echó a reír, dijo hola y preguntó por la salud de mi abuela. «Y bien, ¿ha leído los libros?», preguntó. Yo respondí: «Sí». «¿Y cuál le ha gustado más?». De modo que dije: «He disfrutado con *Ivanhoe* y con Pushkin más que con ningún otro». Y eso fue todo en esa ocasión.

»Una semana más tarde volví a encontrarme con él en las escaleras. Esta vez, mi abuela no me había enviado, sino que yo había ido por voluntad propia por alguna razón. Eran pasadas las dos y el inquilino acababa de llegar a casa. «Hola», dijo él. «Hola», respondí yo.

»—¿No le resulta aburrido estar sentada todo el día junto a su abuela?

»No sé por qué, pero tan pronto como me hizo esa pregunta, me aturullé y me puse roja; una vez más me sentí molesta, sin duda porque los demás habían empezado a acosarme con preguntas sobre el mismo tema también. Hice el intento de marcharme sin responder, pero el esfuerzo era demasiado grande.

»—Escuche —dijo él—. Usted es una muchacha agradable. Mis disculpas por hablarle así, pero tenga por seguro que me preocupo más por usted de lo que lo hace su abuela. ¿No tiene amigas a las que pueda ir a visitar?

»Le dije que no tenía amigas. Había tenido a Mashenka, pero ella se había ido a Peskov.

»—Mire —dijo él—, ¿le gustaría ir al teatro conmigo?

»—¿Al teatro? Pero ¿qué pasa con mi abuela?

»—Bueno, en silencio, usted puede...

»—No —dije—, no querría engañarla. ¡Adiós, señor!

»—Bueno, pues adiós —dijo él. Y no se dijo nada más.

»Pero después de cenar él se acercó a nosotras, se sentó y habló con mi abuela durante mucho tiempo, preguntándole si ella iba alguna vez a algún sitio o si tenía amistades... Entonces dijo de repente: «He comprado un palco en la ópera para hoy. Representan *El barbero de Sevilla*.. Unos amigos iban a venir pero se han echado atrás y ahora me sobra una entrada.

»—¡*El barbero de Sevilla*! —exclamó mi abuela—. ¿Era ese el barbero que solían representar en los viejos tiempos?

»—Sí —dijo él—. Es el mismísimo barbero —y esto lo dijo mientras me miraba. Yo me había percatado de sus intenciones y me ruboricé mientras mi corazón daba saltos de anticipación.

»—Pues claro —dijo mi abuela—, ¡por supuesto que lo conozco! ¡En los viejos tiempos yo interpretaba el papel de Rosina en nuestros teatrillos caseros!

»—¿Le gustaría venir entonces? —dijo el inquilino—. Si no viene, mi entrada se desperdiciará.

»—Sí, bien podríamos ir —dijo mi abuela—. ¿Por qué no, después de todo? Mi Nastenka nunca ha ido al teatro.

»¡Cielos, qué maravilla! De inmediato preparamos todo lo que necesitábamos, nos engalanamos y nos marchamos. Puede que la abuela estuviera ciega, pero sentía deseos de escuchar la música y, además, es una viejecita con buen corazón: en realidad lo hizo por mi bien, pues nunca habríamos hecho el esfuerzo por nosotras mismas. No sé cómo explicarle el efecto que *El barbero de Sevilla* ejerció en mí, pero toda esa noche nuestro inquilino me estuvo dedicando dulces miradas y me hablaba de un modo muy agradable, tanto que me di cuenta al punto que él pretendía probar al día siguiente para ver si yo aceptaría a salir con él a solas. ¡Vaya, qué maravilla! Me fui a la cama sintiéndome orgullosa y exultante, y mi corazón latía tan fuerte que me sentía enfebrecida y soñé toda la noche con *El barbero de Sevilla*.

»Me imaginé que tras esa salida él se dejaría caer cada vez más a menudo... pero nada de eso. Sus visitas cesaron casi por completo. Nos visitaba algo así como una vez al mes, y sólo para invitarnos al teatro. Fuimos con él una o dos veces, pero yo no me sentía muy feliz al respecto. Podía ver que él sólo sentía lástima por mí por estar tan sometida a la voluntad de mi abuela, y no había más que deducir del asunto. Conforme pasaba el tiempo, algo me dominó: no conseguía quedarme sentada quieta, no podía leer ni concentrarme en nada; a veces me reía y otras veces hacía algo para fastidiar a mi abuela. En otras ocasiones sólo lloraba. Al final perdí peso y estuve a punto de caer muy enferma. La temporada de la ópera llegó a su fin y nuestro inquilino dejó de visitarnos del todo; cada vez que nos encontrábamos, siempre en la misma escalera, claro, él se inclinaba ante mí en silencio, con tanta gravedad que parecía que no sentía deseos de decir nada, y ya estaba en el porche antes de que yo hubiera llegado siquiera a la mitad de las escaleras, roja como una remolacha porque la sangre se me agolpaba en la cabeza cada vez que me cruzaba con él.

»Llegó el fin. En mayo, hace exactamente un año, el inquilino vino para decirle a mi abuela que había terminado sus negocios allí y tenía que marcharse a Moscú de nuevo para pasar un año allí. Tan pronto como oí eso, me puse pálida y me dejé caer en la silla como un peso muerto. Mi abuela no notó nada mientras que él, tras anunciar que nos abandonaba, se despidió y salió de la sala.

»¿Qué podía hacer yo? Pensé y pensé con creciente desesperación hasta que finalmente me decidí. Él tenía planeado marcharse al día siguiente y yo decidí tomar medidas drásticas cuando mi abuela se hubiera retirado a sus aposentos. Y así lo hice. Metí todos mis vestidos en un hatillo, toda la ropa interior que necesitaba, también, en un hatillo en la mano y, sintiéndome más muerta que viva, me encaminé escaleras arriba hacia nuestro inquilino en el ático. Me pareció que tardaba una hora en subir esas escaleras. Cuando abrí su puerta, él soltó una exclamación al verme. Pensó que era un fantasma y se apresuró a ofrecerme un vaso de agua, ya que apenas podía mantenerme en pie. Mi corazón latía con tanta fuerza que me dolía la cabeza y no podía pensar con claridad. Cuando finalmente me recuperé, comencé a colocar mis hatillos ordenados sobre su cama, me senté junto a ellos, me tapé la cara con las manos y sollocé torrentes de lágrimas. Él pareció entenderlo todo en un segundo y permaneció pálido ante mí, su mirada tan triste que mi corazón se rompió justamente.

»—Mire —comenzó a decir—. Mire, Nastenka, no hay nada que yo pueda hacer. Soy un hombre pobre; en este momento no tengo nada, ni siquiera un trabajo decente. ¿Cómo demonios viviríamos si me casara con usted?

»Hablamos durante mucho tiempo, pero finalmente me puse frenética y dije que no podía vivir con mi abuela, que me escaparía, que no quería estar sujeta a ella y que podía irme a Moscú si él lo quisiera, porque no podía vivir sin él. Todo dentro de mí hablaba al mismo tiempo: vergüenza, orgullo y amor. Casi me caí de la cama por las convulsiones. ¡Me aterrorizaba tanto su rechazo!

»Se quedó sentado en silencio durante unos minutos, luego se levantó, se acercó a mí y tomó mi mano.

»—Escuche, mi buena y dulce Nastenka —comenzó a decir. Lloraba tanto como yo—. Escúcheme. Le juro que si alguna vez pudiera casarme, usted sería ciertamente la única capaz de completar mi felicidad. Mire, me voy a Moscú y estaré allí un año completo. Tengo la esperanza de poner todos mis asuntos en orden. Cuando vuelva, si usted sigue amándome, le juro que seremos felices. En este momento es simplemente imposible, no puedo... no tengo el derecho de hacerle promesas de tal enjundia. Aun así, repito, ciertamente sucederá, si no dentro de un año, entonces en algún otro momento; naturalmente, eso depende de que usted no prefiera a otra persona antes que a mí, porque no puedo suponer comprometerla con palabras.

»Eso fue lo que me dijo antes de marcharse al día siguiente. Ambos acordamos que no le diríamos ni una palabra de todo el asunto a mi abuela. Ese fue su deseo. De modo que mi historia ya casi está acabada. Ha pasado justo un año. Él ha vuelto. Lleva aquí tres días completos y... y...

—¿Y qué? —exclamé, ansioso por oír el resultado.

—¡No ha venido a verme! —respondió Nastenka, quien parecía estar mentalizándose para algo—. Ni rastro de él...

Ahí se detuvo y, tras una pausa, dejó caer la cabeza, se cubrió el rostro con ambas manos y comenzó a sollozar de un modo que me partió el corazón.

Me sentía completamente desconcertado por la conclusión de todo esto.

—¡Nastenka! —comencé a decir con tono tímido y obsequioso—. ¡Por amor de Dios, Nastenka, no llore! ¿Cómo lo sabe? Tal vez aún no haya llegado...

—¡Sí! ¡Sí que ha llegado! —replicó Nastenka—. Está aquí, eso lo sé. Lo planeamos por aquel entonces, esa noche antes de que se marchara. Después de que dijéramos todo lo que le acabo de contar, y después de hacer los planes, salimos para dar un paseo a lo largo de este mismo muelle. Eran las diez en punto. Nos sentamos en este banco. Yo ya no estaba llorando y era agradable escucharle... Dijo que, tan pronto como regresara, vendría a vernos y que, si yo no lo rechazaba, se lo contaríamos todo a mi abuela. Ahora ha vuelto, lo sé, y no ha venido... ¡No ha venido!

Y rompió a llorar una vez más.

—Cielo santo, ¿hay alguna forma de que pueda ayudar a mitigar su tristeza? —exclamé mientras me levantaba de un salto del banco, motivado por la pura desesperación—. Mire, Nastenka, ¿quiere que, al menos, vaya yo a verlo?

—¿Cómo iba usted a hacer tal cosa? —dijo ella al tiempo que levantaba la cabeza de pronto.

—¡No, no, por supuesto que no! —dije, recomponiéndome—. Ya sé: le escribiré una carta.

—No, eso es imposible, ¡no puedo hacer eso! —respondió ella con firmeza, pero había dejado caer la cabeza y había desviado la mirada.

—¿Cómo es que no puede hacerlo? ¿Por qué demonios es imposible? —insistí, aferrándome a esa idea—. ¡Sabe el tipo de carta al que me refiero, Nastenka! Hay cartas y cartas, y... ¡Oh, Nastenka, es cierto! ¡Confíe en mí, solo confíe en mí! Usted puede fiarse de mi consejo. Todo puede disponerse. Usted misma tomó la iniciativa; ¿por qué no puede ahora...?

—¡No puedo, no puedo! Parecería como si estuviera acosándolo...

—Oh, mi pequeña y querida Nastenka —interrumpí. Me fue imposible reprimir una sonrisa—. No, por supuesto que no lo estaría acosando; estaría dentro de sus derechos, puesto que él le hizo una promesa. Además, percibo la impresión general de que es un hombre con tacto, que se condujo bien —insistí con creciente entusiasmo ante la lógica de mis propios argumentos y convicciones—. ¿Cómo actuó? Se comprometió con una promesa. Dijo que no se casaría con nadie más que con usted, si es que llegaba a casarse; le dejó completa libertad para rechazarlo incluso ahora... Siendo ese el caso, usted puede dar el primer paso, tiene derecho a hacerlo, tiene ventaja sobre él, aunque sólo fuera porque... si usted quisiera liberarlo de su palabra...

—Escuche, ¿cómo escribiría usted?

—¿Escribir qué?

—Esta carta, por supuesto.

—Empezaría así: Estimado señor...

—¿Tiene que ser «Estimado señor»?

—¡Por supuesto que sí! Sin embargo, ¿por qué debería ser así? Creo...

—¡Muy bien! ¡Continúe, continúe!

—«Estimado señor. Perdóneme por...». No, ahora que lo pienso, no es necesaria ninguna disculpa. El simple hecho lo justifica todo en este caso. Solo escriba:

—¡Sí, sí! ¡Eso es exactamente lo que pensaba! —exclamó Nastenka. La alegría brillaba en sus ojos—. ¡Oh, usted ha resuelto mis dudas! ¡Dios debe haberlo puesto en mi camino! Gracias. ¡Oh, gracias!

—¿Por qué? ¿Acaso porque Dios me puso en su camino? —respondí mientras miraba encantado su radiante semblante.

—Pues sí, para empezar.

—Ah, Nastenka, le damos las gracias a algunas personas sólo por vivir a nuestro lado. Yo le doy las gracias por haberme conocido y porque la recordaré todos los días de mi vida.

—¡Bueno, está bien, está bien! Y ahora escuche con atención: dispusimos por aquel entonces que, tan pronto como él regresara, me lo haría saber depositando una carta para mí en un lugar preciso, con algunos amigos míos, personas decentes y normales que no sabían nada de todo esto; si él no pudiera escribirme una carta, porque uno no siempre puede decirlo todo en una carta, entonces vendría aquí ese mismo día a las diez en punto, donde planeamos encontrarnos. Yo ya sabía que había llegado, pero este es el tercer día y no ha habido carta ni ha dado señales de vida. Me resulta imposible alejarme de mi abuela por las mañanas. Por favor, entregue mi carta mañana a esas personas de las que le he hablado; ellos se la harán llegar y, si hubiera respuesta, tráigala aquí por la noche, a las diez en punto.

—Pero la carta, ¡la carta! ¡Primero hay que escribir la carta! De modo que todo esto sólo puede realizarse pasado mañana.

—La carta... —respondió Nastenka, quien se ruborizó ligeramente—. La carta... pero...

Pero dejó la frase sin terminar. Al principio desvió su rostro, sonrojado como una rosa, y, de repente, sentí una carta en mi mano, carta que era evidente que había escrito con mucha antelación, ya preparada y sellada. Un recuerdo familiar, dulce, elegante se removió en mi mente.

—Ro-ro, si-si, na-na —comencé.

—¡Rosina! —comenzamos ambos a cantar. Casi la abracé de puro deleite, ella ruborizada profundamente como sólo ella sabía hacer, riendo entre lágrimas, que temblaban como perlas en sus oscuras pestañas.

—¡Cielos, ya basta, ya basta! ¡Adiós, pues! —dijo ella con prisas—. Ahí está la carta y ahí tiene la dirección donde entregarla. ¡Adiós, *au revoir!* ¡Hasta mañana!

Ella apretó mis manos, inclinó la cabeza y se marchó por el callejón como una flecha. Me quedé allí durante largo rato para seguirla con la mirada.

¡Hasta mañana! ¡Hasta mañana! —retumbaba como un eco en mi mente mientras ella desaparecía de mi vista.

La tercera noche

El día de hoy ha sido gris y cargado de lluvia, sin un rayo de esperanza, como mi inminente edad anciana. Tales extrañas ideas me oprimen, tales oscuras sensaciones, tales vagas cuestiones bullen en mi mente... y, de algún modo, no tengo ni fuerzas ni deseos de resolverlas. ¡Encontrarles sentido va más allá de mis capacidades mentales!

No nos veremos hoy. Cuando nos separamos la noche anterior, el cielo estaba empezando a nublarse y se estaba alzando la niebla. Le dije que hoy sería un día desagradable; ella no contestó, pues se sentía poco inclinada a obligarse a hablar. Para ella este día estaba despejado y hacía buen tiempo, sin una sola nube que pudiera nublar su felicidad.

—Si llueve, ¡no nos veremos! —dijo ella—. No vendré.

Yo había creído que ella ni siquiera se percataría de la lluvia de hoy, pero aun así no ha venido.

Ayer fue nuestro tercer encuentro, nuestra tercera noche blanca...

¡Cielos, cómo la alegría y la felicidad prestan belleza a una persona! ¡Cómo rebosa el corazón de amor! Parece que uno quiera verter todo lo que contiene en el corazón de otra persona para que todo se convierta en júbilo y risas. ¡Y cuán contagioso es tal contento! Ayer las palabras albergaban mucho consuelo, tal amabilidad hacia mí en su corazón... ¡cuán pendiente estaba de mí, tan afectuosa, cómo animaba y aliviaba mi corazón! ¡Ah, cuán coqueta puede ser la pura felicidad! Y me lo tomé todo al pie de la letra. Creí que ella...

Dios bendito, ¿cómo demonios pude haber pensado tal cosa? ¿Cómo pude haber estado tan ciego, cuando todo había sido incautado por otro, cuando nada de eso era mío? Cuando, finalmente, incluso esa misma gentileza suya, su atención, su amor... sí, amor por mí... no era nada más que alegría ante la inminente perspectiva de un encuentro amoroso con otro, el deseo de incluirme a mí también en su felicidad. Cuando él no apareció después de que ambos esperáramos en vano, ella frunció el ceño, se estremeció y perdió la esperanza. Cada movimiento, cada palabra, perdió su anterior facilidad y su juguetón buen humor. Y, cosa extraña, ella redobló sus atenciones hacia mí, como si presintiera un deseo instintivo de volcar en mí lo que buscaba para ella misma y su temor de no conseguirlo. Mi Nastenka era tan medrosa, estaba tan aterrorizada que al fin pareció darse cuenta de que yo estaba enamorado de ella y se compadeció de este mi amor desgraciado. Pues ocurre que cuando somos desdichados sentimos con mayor agudeza la infelicidad de los demás; en vez de dispersarse, la emoción se concentra...

Yo había acudido a ella con mi corazón pleno y apenas podía esperar a nuestro encuentro. No tenía ni idea de los sentimientos que poseo ahora, ni pensaba que todo pudiera salir mal. Ella aparecía radiantemente feliz ante la expectativa de una respuesta. La respuesta iba a ser el hombre en persona. Se suponía que acudiría corriendo a su llamado. Ella había llegado toda una hora antes que yo. Al principio se reía a carcajadas por todo, cada palabra mía la divertía. Hice amago de decir algo, pero permanecí en silencio.

—¿Sabe por qué me siento tan feliz, tan feliz de mirarlo a usted? ¿Sabe por qué disfruto de usted hoy?

—¿Y bien? —pregunté con tembloroso corazón.

—La razón por la que usted me gusta es porque no se ha enamorado de mí. ¿Sabe? En su lugar, cualquier otro podría haber empezado a ser un fastidio, acosándome con sus suspiros y gemidos, ¡pero usted es tan dulce!

Al decir aquello, ella me apretó la mano con tanto afán que casi grité. Ella rompió a reír.

—¡Cielos, vaya amigo! —dijo un instante después, ahora con tono grave—. ¡De verdad que Dios debe de haberlo enviado para mí! Quiero decir, ¿qué habría sido de mí si usted no hubiera estado conmigo? ¡Qué generoso es usted! ¡Cuánto afecto me demuestra! Cuando me case, seremos muy buenos amigos, más que hermano y hermana. Le querré casi tanto como a él...

De repente sentí una inmensa tristeza en ese instante; por otro lado, algo parecido a la risa comenzó a removerse en mi corazón.

—Usted está nerviosa —dije—. Tiene miedo porque piensa que él no vendrá.

—¡De eso nada! —replicó—. Si no estuviera tan feliz, lo más probable sería que prorrumpiera en sollozos ante sus reproches y su falta de fe. No obstante, me ha hecho reflexionar y pensar en profundidad, pero lo dejaré para más tarde y admitiré por ahora que usted no ha dicho más que la verdad. ¡Sí! De algún modo no me siento yo misma. Soy todo anticipación y estoy muy sensible ante todo. ¡Pero ya basta de emociones!

Justo en ese instante se oyó el sonido de pasos y un transeúnte salió de la oscuridad y caminó hacia nosotros. Ambos nos sobresaltamos y ella apenas pudo contener un grito. Dejé caer su mano e hice ademán de marcharme. Pero estábamos equivocados: no era él.

—¿De qué tiene miedo? ¿Por qué ha soltado mi mano? —preguntó ella, ofreciéndomela una vez más—. Vamos, ¿por qué no? Lo recibiremos juntos. Quiero que él vea el amor que sentimos el uno por el otro.

—¿El amor que sentimos el uno por el otro? —exclamé.

«¡Ah, Nastenka, Nastenka! —pensé—. Cuánto ha dicho con esa palabra. Amor como ese, Nastenka, a veces puede helar el corazón y pesar en el alma. Su mano está fría, la mía arde como el fuego. ¡Qué ciega está, Nastenka! ¡Ah! Cuán insoportable puede ser a veces una persona feliz. ¡Pero no puedo enfadarme con usted!».

Al final mi corazón no pudo más que desbordarse.

—¡Escuche, Nastenka! —exclamé—. ¿Sabe cómo me he sentido todo el día?

—¿A qué se refiere? ¡Dígalo ahora! ¿Qué le ha mantenido tan callado todo este tiempo?

—Bueno, en primer lugar, Nastenka, cuando terminé de hacer todos sus recados, entregué la carta, fui a ver a su buena gente... después... después me fui a casa y me tumbé en la cama.

—¿Eso es todo, entonces? —interrumpió entre risas.

—Sí, más o menos —repliqué, incómodo al ser consciente de que mis ojos ya se estaban llenando de lágrimas—. Desperté una hora antes de la hora de nuestra cita con la sensación de que no había dormido en absoluto. No sé qué es lo que me pasa. Yo vine aquí con la intención de contárselo todo, como si el tiempo se hubiera parado para mí, como si la misma emoción, la misma sensación fuese a quedarse conmigo para siempre desde ese momento, como si ese minuto fuera a permanecer conmigo por toda la eternidad, como si toda la vida se hubiera detenido para mí... Cuando desperté, imaginé que un motivo musical muy familiar, oído en alguna parte, un placer olvidado, había acudido ahora a mí. Parecía haber estado exigiendo su liberación de mi alma durante toda mi vida y sólo ahora...

—¡Oh, cielo santo! —interrumpió Nastenka—. ¿Qué se supone que significa todo eso? No consigo entender ni una palabra de las que está diciendo.

—¡Oh, Nastenka! Estaba tratando de expresar parte de esta rara sensación... —comencé a decir con tono lastimero, que aún albergaba una chispa de esperanza por muy leve que esta fuera.

—¡Oh, ya basta con eso, déjelo! —dijo ella al ver al instante mis intenciones reales. ¡Pequeña descarada!

De inmediato se volvió inusualmente parlanchina, llena de vida y coqueta. Enlazó su brazo con el mío, riendo para hacerme reír, y cada avergonzada palabra que yo profería evocaba una prolongada risa aguda... Empecé a perder la paciencia con su acto de coquetería.

—Mire —dijo ella—. La verdad es que me fastidia un poco que no se haya enamorado de mí. ¡A ver quién entiende a los hombres! Pero aun así, Don Inflexible, debe reconocerme el mérito de mi franqueza. ¡Sigo contándole cada tontería pasajera que se me pasa por la cabeza!

—¡Escuche! ¿Están dando las once en punto? —dije cuando una campana comenzó su controlado repique desde una distante torre de la ciudad. Ella se detuvo al punto, dejó de reír y comenzó a contar.

—Sí, son las once —dijo ella al fin con voz tímida y vacilante.

Al instante me arrepentí de haberla asustado al obligarla a contar las campanadas y me maldije por mi ataque de rencor. Me sentía triste por ella, sin saber cómo redimir mi transgresión. Comencé a consolarla, empleando toda suerte de argumentos y pruebas para fabricar excusas que justificaran su ausencia. Nadie habría sido más fácil de engañar que ella en ese momento; por supuesto, cualquiera en tal coyuntura se alegra de oír cualquier tipo de consuelo, y más aún si este contiene la más mínima pizca de credibilidad.

—Bueno, esta es una situación ridícula —dije, dejándome llevar por momentos y maravillándome ante la extraordinaria claridad de mis argumentos—. Él no podría haber venido, de todos modos; usted me ha embaucado, Nastenka, y ha conseguido que me adentre tanto en el sendero del jardín que incluso he perdido la noción del tiempo... Véalo de este modo: puede ser que apenas haya recibido la carta todavía; digamos que se ha visto impedido de venir, digamos que está escribiendo una respuesta... esa carta no podría llegar aquí antes de mañana. Haré mis pesquisas al rayar el alba y le comunicaré lo que descubra de inmediato. Mil y una cosas pueden haber sucedido. Puede que se encontrara fuera cuando llegó la carta y todavía no la ha leído. Podría ser cualquier cosa.

—¡Sí, eso es! —respondió Nastenka—. Nunca pensé en eso; por supuesto que cualquier cosa podría haber pasado —insistió con voz llena de asentimiento, aunque había otro pensamiento, más remoto, como una irritante disonancia—. Esto es lo que usted hará —continuó—. Mañana, vaya tan pronto como pueda y, si usted descubre algo, hágamelo saber de inmediato. Sabe dónde vivo, ¿verdad?

Ella comenzó a darme su dirección. Tras eso, de repente, se volvió tímida y afectuosa conmigo... Parecía escuchar con atención lo que yo le decía pero, cuando le hacía una pregunta, ella no respondía, se mostraba confusa y giraba la cabeza hacia el otro lado. La miré a los ojos... Lo sabía. Estaba llorando.

—¿Qué pasa ahora? ¿Qué es esto? ¡Oh, ahora llora como un bebé! ¡Se comporta como una cría! ¡Basta ya!

Ella intentó sonreír y recomponerse, pero le temblaba la barbilla y su pecho seguía jadeando.

—Es que pienso en usted —dijo tras un instante de pausa—. Usted es tan amable que tendría que estar hecha de piedra para no sentir que... ¿Sabe lo que se me acaba de pasar por la mente? Los estaba comparando a los dos. ¿Por qué él... no es usted? ¿Por qué él no es como usted? Él es peor que usted aun cuando le quiero más que a usted.

No respondí. Ella parecía esperar que yo dijera algo.

—Por supuesto, puede ser que yo todavía no lo comprenda adecuadamente, que no haya llegado a conocerlo demasiado bien. ¿Sabe? Es como si siempre le hubiera tenido miedo: siempre era tan serio, con un aire de dignidad. Claro que sé que eso solo es el exterior y que en su corazón hay más afecto que en el mío... Recuerdo el modo en el que me miró aquella vez, cuando acudí a él con mi hatillo esa vez; pero parece que aún siento demasiado respeto por él. ¿No demuestra eso que no somos iguales?

—No, Nastenka, no —respondí—. Significa que usted le quiere más que a nada en este mundo y mucho más que a usted misma.

—Sí, supongo que es así —respondió Nastenka con ingenuidad—, pero ¿sabe lo que me cruza por la mente ahora mismo? No hablaré de ello ahora, sin embargo, sólo... ya sabe, en general; lleva rondando mi mente desde hace tiempo. Escuche, ¿por qué no podemos comportarnos como hermanos los unos con los otros? ¿Por qué incluso el mejor de los hombres siempre se guarda algo, algo secreto que no comparte con el otro? ¿Por qué no decir directamente lo que ocupa su mente, si es algo digno de contarse? Tal y como vamos, todo el mundo parece más serio de lo que él es en realidad, como si todo el mundo temiera lastimar sus propios sentimientos si los divulgan demasiado pronto...

—¡Oh, Nastenka! Esa es la verdad, que surge de un número de razones, ¿verdad? —interrumpí. Conseguí mantener sujetos mis sentimientos en ese momento más de lo que lo había conseguido nunca.

—¡No, no! —dijo ella, profundamente agitada—. Tomémosle a usted como ejemplo... ¡No es como los demás! En realidad no sé cómo describirle mis sentimientos acerca de todo esto, pero creo que usted, por ejemplo... si tan sólo en este instante... siento que usted está sacrificando algo por mí —añadió con timidez mientras me lanzaba una rápida mirada—. Perdóneme por hablarle así. Solo soy una muchacha sencilla, después de todo. Todavía no he visto mucho mundo, quiero decir, y la verdad es que no consigo expresarme del modo adecuado a veces —añadió. Su voz temblaba por alguna emoción oculta, pero intentaba sonreír al mismo tiempo—. Sólo quería decirle que me siento agradecida y que también siento todas esas cosas... ¡Oh, que Dios le conceda felicidad por ello! Todo lo que usted me contaba sobre ese soñador suyo es completamente falso o, más bien, usted es una persona bastante diferente al ser que me describió. Si alguna vez se enamora, ¡qué Dios le conceda felicidad con ella! No deseo nada para ella porque sé que será feliz con usted. Lo sé porque yo misma soy mujer y debe creerme cuando le digo...

Ella dejó de hablar y le dio a mi mano un firme apretón. La emoción previno que yo también hablara. Varios minutos pasaron.

—Sí, resulta obvio que no vendrá hoy —dijo ella al fin, levantando la cabeza—. ¡Es demasiado tarde!

—Él vendrá mañana —dije con mi voz más firme y reconfortante.

—Sí —intervino ella, y se le iluminó el rostro—. Ahora entiendo que sólo puede venir mañana. De modo que *au revoir!* ¡Hasta mañana, pues! Si llueve, puede que no venga. Pero lo haré al día siguiente, pase lo que pase; asegúrese de estar aquí. Quiero verle y contárselo todo.

Mientras nos despedíamos, ella me dio su mano y dijo mientras me miraba con ojos brillantes:

—Después de todo, estamos juntos para siempre ahora, ¿no?

¡Ah, Nastenka, Nastenka! ¡Ojalá supiera la soledad que sufro ahora!

Cuando dieron las nueve, no pude permanecer en mi habitación por más tiempo. Me vestí y salí a pesar del mal tiempo. Allí estaba, sentado en nuestro banco. Tuve la intención de entrar en su callejón, pero lo evité y retrocedí un par de pasos sin mirar hacia sus ventanas. Volví a casa sintiendo una depresión como nunca antes he experimentado. ¡Un tedioso tiempo frío y húmedo! Si el tiempo hubiera estado despejado, habría paseado por allí toda la noche...

Pero ¡hasta mañana, hasta mañana! Mañana ella me lo contará todo.

No hubo carta hoy, empero. Aun así, estaba destinado a que así fuera. Ellos están juntos ahora.

La cuarta noche

¡Cielo santo! ¡Cómo han cambiado las tornas! ¡Vaya conclusión! Llegué a las nueve en punto. Ella ya estaba allí. La vi a lo lejos; estaba de pie como lo había hecho entonces, la primera vez, apoyada en la barandilla del muelle, ajena a mi proximidad.

—¡Nastenka! —grité. Luché por reprimir mi agitación.

Ella se giró rápidamente hacia mí.

—¿Y bien? —dijo ella—. ¡Vamos, apresúrese!

La miré con perplejidad.

—¿Dónde está la carta, entonces? Usted ha traído la carta, ¿no? —repitió ella, aferrada a la barandilla.

—No, no tengo ninguna carta —dije al fin—. ¿Quiere decir que él no ha estado aquí?

Ella se puso terriblemente pálida y me miró fijamente durante mucho tiempo sin moverse. Yo había destrozado su última esperanza.

—¡Pues que así sea! —dijo finalmente con la voz rota—. Le deseo suerte si ha decidido dejarme en la estacada así.

Ella bajó la mirada, luego hizo ademán de mirarme pero no lo consiguió. Luchó contra su agitación durante varios minutos más antes de girarse bruscamente, apoyarse en la barandilla y disolverse en lágrimas.

—Ea, ea, ya basta —empecé a decir, pero al mirarla no tuve fuerzas para continuar. Y, de todos modos, ¿qué podría haberle dicho?

—No intente consolarme —dijo entre sollozos—. No diga nada sobre él, no me diga que vendrá y que no me ha rechazado del modo cruel e inhumano como lo ha hecho. ¿Por qué? ¿Por qué razón? De seguro que no había nada en mi carta, en mi desdichada carta...

Llegados a ese punto, su voz quedó estrangulada por los sollozos. Rompía el corazón verla así.

—¡Ah, qué cruel e inhumano es esto! —resumió—. ¡Y ni una línea, ni una línea! Al menos podría haberme respondido, haber dicho que no me necesitaba, que me estaba rechazando, pero ¡ni una sola línea en tres días! ¡Qué fácil le resulta insultar y herir a una pobre muchacha indefensa, cuya única falta fue amarlo! ¡Lo que he pasado estos últimos tres días! ¡Dios mío, Dios mío! Cuando recuerdo cómo acudí a él por voluntad propia aquella primera vez, cómo me humillé, y sollocé, e imploré por unas meras gotas de amor... ¡Y después de todo eso! Escuche —dijo. Se giró hacia mí con sus ojillos oscuros encendidos—. ¡Simplemente no puede ser! Es imposible, ¡no es natural! O usted o yo hemos sido engañados. ¿Puede ser que no haya recibido la carta? ¿Quizá todavía no sabe nada de ella? ¿Cómo diantres puede ser eso? Juzgue por sí mismo y dígame, por amor de Dios, explíqueme, pues yo no lo entiendo, cómo alguien puede demostrar una crueldad tan brutal como la que él demuestra conmigo. ¡Ni una palabra! La persona más humilde del mundo sería trataba con más compasión. ¿Tal vez él haya oído algo? ¿Puede que alguien le haya contado cosas sobre mí? —exclamó. Dirigía sus preguntas a mí—. ¿Qué piensa? Dígamelo.

—Escuche, Nastenka, iré a verle mañana en su nombre.

—¡Oh!

—Le preguntaré acerca de todo el asunto y se lo contaré todo.

—¡Oh, vamos!

—Tendrá que escribir una carta, Nastenka. No diga que no, Nastenka, ¡no diga que no! Yo le haré apreciar lo que usted ha hecho, él lo sabrá todo y si...

—No, amigo mío, no —interrumpió—. ¡Basta con eso! Ni una palabra, ni una palabra por mi parte, ni una línea... ¡Esto ya se ha acabado! No le conozco y ya no le quiero. Yo le... a él...

No terminó.

—¡Tranquilícese, tranquilícese ahora! Siéntese aquí, Nastenka —dije mientras hacía que se sentara en el banco.

—Estoy perfectamente tranquila. ¡Ya basta! ¡Todo está bien! Sólo son lágrimas; pronto se secarán. ¿Es que piensa que voy a acabar con mi vida, que me voy a lanzar al canal?

Mi corazón estaba a punto de estallar. Quise hablar pero no pude hacerlo.

—¡Escuche! —continuó ella, tomando mi mano—. ¿Usted habría actuado así? ¿Habría abandonado a una muchacha que acudió a usted por voluntad propia, se habría burlado de un modo abierto y desvergonzado de su frágil y tonto corazón? ¿Se habría ocupado de ella? Usted se habría dado cuenta de que ella estaba sola y era incapaz de cuidar de sí misma, que no podía evitar enamorarse de usted, que ella no tenía la culpa, que a ella no había que culparla, por Dios bendito... ¡Ella no había hecho nada! Oh, santo cielo, santo cielo...

—¡Nastenka! —grité al fin, incapaz de reprimir mi agitación—. ¡Nastenka! ¡Me atormenta usted! ¡Está lastimando mi corazón, me está matando, Nastenka! ¡No puedo permanecer en silencio! Tengo que hablar al fin y contarle lo que está arrasando con mi corazón...

Al decir esto, medio me había levantado del banco. Ella tomó mi mano y se me quedó mirando asombrada.

—¿Qué ocurre? —dijo ella al fin.

—¡Escúcheme! —dije con firmeza—. ¡Escúcheme, Nastenka! Lo que estoy a punto de contarle es sólo una insensatez, nunca puede pasar, ¡es un sinsentido! Sé que nada resultará de esto, pero es que ya no puedo seguir callado por más tiempo. En nombre de lo que le está causando sufrimiento en estos instantes, ¡le pido perdón por adelantado!

—¿De qué se trata, pues? ¿Y bien? —dijo ella, que ya no lloraba y seguía mirándome fijamente. Una extraña curiosidad brillaba en sus atónitos ojos—. ¿Qué es lo que le pasa?

—¡Sé que no puede ser, pero la amo, Nastenka! ¡De eso se trata! ¡Ahí está, ya lo he dicho! —dije con un gesto—. Ahora usted verá si puede hablar conmigo como lo ha hecho hasta ahora, si puede escuchar lo que tengo que contarle, por amor de Dios...

—Bueno. ¿Qué pasa con eso? ¿Dónde está el problema? —interrumpió Nastenka—. ¿Qué pasa? Sé desde hace mucho que usted me quería, pero siempre pensé que lo hacía de un modo general... ¡Oh, cielo santo, Dios mío!

—Era justo así al principio, Nastenka, pero ahora, ahora... Me encuentro exactamente en el estado de ánimo en el que usted se encontraba cuando acudió a él con su hatillo. Peor que eso, de hecho, Nastenka, porque entonces él no amaba a nadie más, pero usted sí...

—¿Qué está intentando decirme? La verdad es que no le entiendo en absoluto. Mire, ¿para qué demonios me está diciendo esto? No, no me refiero a eso... Quiero decir que por qué me está hablando de ese modo... y de repente... ¡Dios! ¡Estoy diciendo tonterías! Pero usted...

Y Nastenka acabó totalmente confundida. Sus mejillas ardían; bajó la mirada.

—¿Qué puedo hacer, Nastenka, qué demonios puedo hacer? Todo es culpa mía, he abusado de su... No, nunca, no es culpa mía, Nastenka: lo presiento, lo siento porque mi corazón me dice que tengo razón, porque yo no podría lastimarla u ofenderla. Yo era su amigo...

Bueno, sigo siendo su amigo; eso no ha cambiado para nada. Ahora son mis lágrimas las que fluyen, Nastenka. Déjelas caer, deje que caigan... no están lastimando a nadie. Se secarán, Nastenka...

—Oh, siéntese, siéntese —dijo ella mientras tiraba de mí hacia el banco—. ¡Oh, por Dios bendito!

—¡No, Nastenka! No me sentaré. No puedo permanecer aquí por más tiempo, usted no debe verme más. Diré lo que tengo que decir y después me iré. Sólo quiero decirle que usted nunca se habría dado cuenta de que la amo. Yo habría conservado mi secreto. No la habría atormentado en este momento con mi egoísmo. ¡No! Pero ahora mismo no puedo soportarlo más. Usted misma lo sacó a colación, de modo que es culpa suya, es culpa suya, no mía. No puede alejarme de usted...

—¡No, no, por supuesto que no, no estoy echándolo, no! —dijo Nastenka, quien ocultó su vergüenza lo mejor que pudo, pobrecita.

—¿No me está echando? Y yo ya estaba preparado para huir. Me iré, no obstante, pero primero le contaré todo desde el principio, porque cuando usted estaba hablando justo ahora, simplemente no podía quedarme quieto cuando usted estaba llorando, cuando estaba en agonía por... bueno, por... Tengo que decirlo, Nastenka... Porque usted había sido desdeñada, porque su amor había sido rechazado, y yo sentía tanto amor en mi corazón por usted, Nastenka, tanto amor... mi corazón se rompió y... y simplemente no podía permanecer en silencio, tenía que decirlo, Nastenka, ¡tenía que decirlo!

—¡Sí, sí! ¡Hábleme, hábleme así! —dijo Nastenka con un gesto enigmático—. Puede que piense que es extraño que se lo esté diciendo así, pero... ¡continúe! ¡Se lo explicaré después! ¡Se lo explicaré todo!

—Se está compadeciendo de mí, Nastenka, usted sólo siente lástima por mí, querida mía. ¡Lo hecho, hecho está! ¡Lo que se ha dicho no se puede retirar! Es así, ¿no? Pues bien, ahora ya lo sabe todo. Que sea ese el punto de partida. Muy bien, pues. Ahora todo está bien, pero escuche. Cuando usted estaba sentada sollozando, yo estaba pensando para mí (¡ah, deje que le diga lo que estaba pensando!), pensaba (bueno, por supuesto que sé que era imposible, Nastenka), pensé que usted... pensé que usted, de algún modo... quiero decir, de algún modo completamente fortuito, pensé que usted habría dejado de quererle. En cuyo caso (yo estuve pensando eso ayer y el día antes de ayer,

Nastenka), en cuyo caso yo habría hecho que usted se enamorara de mí, ciertamente que lo haría. Usted lo dijo, ¿verdad? Usted misma lo dijo, que casi se había enamorado sinceramente de mí. Bueno, ¿qué más? Eso es realmente todo lo que quería decir; sólo queda decirle cómo habría sido si usted se hubiera enamorado de mí, sólo eso, ¡nada más! Escúcheme, querida amiga, porque usted sigue siendo mi amiga después de todo; por supuesto, yo sólo soy un individuo ordinario y empobrecido, un don nadie, pero eso es irrelevante (me estoy desviando del tema, pero lo hago por vergüenza, Nastenka), pero yo la habría querido, la habría amado tanto que incluso si usted hubiera seguido amando a ese otro desconocido, usted no habría encontrado mi amor irritante en absoluto. Todo lo que habría sentido, todo lo que habría sentido en cada momento, habría sido un agradecidísimo corazón junto a usted, un ardiente corazón que por usted... ¡Ah, Nastenka, Nastenka, qué me ha hecho!

—Oh, no llore, no quiero que llore —dijo Nastenka al tiempo que se levantaba rápidamente del banco—. Venga, levántese y vayámonos juntos. Pero no llore, no llore —seguía diciendo mientras limpiaba mis lágrimas con su pañuelo—. Venga, vámonos ya; puede que tenga algo que decirle... Sí, como él ya me ha abandonado y olvidado, aunque sigo queriéndolo (no desearía engañarle a usted)... Pero escuche, dígame, si, por ejemplo, yo me enamorara de usted... Quiero decir, si yo... ¡Ah, amigo mío, amigo mío! Cuando pienso... cuando pienso en cómo le he lastimado cuando me reí de su amor y lo alabé por no haberse enamorado... ¡Oh Dios! ¿Cómo demonios no predije tal suceso? ¿Cómo he podido ser tan estúpida? Pero... Bueno, ya está, me he decidido y se lo contaré todo...

—Escuche, Nastenka, ¿sabe qué? ¡Voy a dejarla y ya está! Sólo soy un tormento para usted. Usted siente punzadas de conciencia porque se ha reído de mí, pero no quiero que usted, además de su propia pena... ¡Ciertamente no quiero eso! Por supuesto que es todo culpa mía. Pues bien, ¡esto es un adiós, Nastenka!

—Pare un momento y escúcheme. ¿Puede esperar?

—¿Para qué? ¿Qué quiere decir?

—Amo a ese hombre, pero eso se me pasará. Tiene que pasar, no tiene más remedio que pasar. Ya se me está pasando, puedo sentirlo... ¿Quién sabe? Puede que se me pase este mismo día, porque lo detesto, porque se estaba riendo de mí mientras usted sollozaba aquí conmigo, porque usted no me habría despreciado como él, porque usted me ama y él no, porque, por último pero no menos importante, yo mismo lo quiero a usted... Sí, amo, amo, amo el modo en que usted me ama. Lo dije al principio. Usted me oyó, ¿verdad? Le quiero porque usted es mejor que él, porque usted es más noble, porque él...

La agitación de la pobre muchacha era demasiado intensa como para poder terminar la frase. Apoyó su cabeza sobre mi hombro, luego sobre mi pecho, y se entregó a un amargo sollozar. Intenté consolarla, persuadirla, pero ella no podía evitarlo; seguía apretándome la mano y repitiendo entre sollozos:

—Espere un momento, espere un momento... ¡Pararé en un minuto! Quiero decirle... No crea que estas lágrimas... No son nada, sólo un signo de debilidad; sólo espere a que se me pase.

Al fin dejó de llorar, se enjugó las lágrimas y retomamos nuestro paseo. Quise decir algo, pero ella seguía suplicándome que esperase. Ambos caminábamos en silencio... Por fin ella se armó de valor y comenzó a hablar...

—Así son las cosas —comenzó. Su voz sonaba débil y temblorosa, pero poseía un timbre que me llegó directo al corazón, donde siguió doliendo con dulzura—. No debe pensar que soy veleidosa e inconstante, que me resulta fácil olvidar y traicionar... Le quise durante todo un año y juro por Dios que nunca le fui infiel, ni siquiera de pensamiento. Él despreció todo eso, se burló de mí... ¡que así sea! Pero me ha herido y ha insultado mis sentimientos. Yo... no le quiero porque sólo puedo querer a alguien que sea caballeroso, moralista y que me entienda, porque yo misma soy así y él no es digno de mí... pero bueno, no importa. Es mejor que sea así y no verme engañada más tarde al darme cuenta de lo imposible de mis expectativas y de la clase de hombre que era... ¡Pero por supuesto! Aun así, ¿quién sabe, mi querido amigo? —continuó mientras apretaba mi mano—. ¿Quién sabe? Quizá todo este amor mío fue un producto de mi imaginación, quizá todo comenzó como una travesura trivial por verme sometida a la vigilancia de mi abuela. Quizá yo debía amar a otro y no a él, no a un hombre como él sino a otro, alguien que se compadecería de mí y... y... Pero bueno, ya basta —se interrumpió. Jadeaba agitada—. Sólo quería decirle que... quería decir que si, a pesar del hecho de que lo amo (no, que lo amaba), si a pesar de todo eso, usted sigue diciendo... si usted siente que su amor es tan grande que al final conseguirá desplazar al antiguo amor en mi corazón... si usted desea compadecerse de mí y no pretende abandonarme a mi suerte, sin esperanza ni consuelo, si usted pretende amarme por siempre del mismo modo en que lo hace ahora, entonces le juro que mi gratitud... que mi amor finalmente será digno del suyo... ¿Tomará mi mano ahora?

—¡Nastenka! —exclamé. Mi voz sonaba estrangulada por los sollozos—. ¡Nastenka... ah, Nastenka!

—Bueno, ya basta, ya basta. ¡He dicho que ya basta! —dijo ella, quien mantenía la calma con dificultad—. Ahora ya está todo dicho, ¿verdad? ¿Sí? Y usted es feliz y yo soy feliz; no diremos nada más sobre el tema. Espere un momento, discúlpeme... ¡Hable de alguna otra cosa, por amor de Dios!

—Sí, Nastenka, ¡lo haré! Nada más sobre este asunto. Ahora soy feliz, yo... Bueno, Nastenka, hablaremos de otra cosa. Rápido, rápido. ¡Vale! Estoy preparado...

Y ninguno de los dos supo qué decir, nos reímos, lloramos, dijimos miles de palabras incoherentes e inanes, paseamos por la acera para, de repente, retroceder y cruzar la calle, luego nos detuvimos y volvimos a cruzar hacia el muelle... Éramos como niños...

—Estoy viviendo sólo en este momento —dije—, pero mañana... Bueno, por supuesto, Nastenka, usted sabe que soy un hombre pobre, que sólo tengo mil doscientos rublos, pero eso no importa...

—Por supuesto que no, y mi abuela tiene su pensión, de modo que ella no será una carga. Ella tiene que estar con nosotros.

—Por supuesto que sí... Pero está Matriona...

—Ah, sí, y nosotras tenemos a Fekla también.

—Matriona es una buena mujer. Sólo tiene un defecto: no posee imaginación, nada en absoluto, pero ¡no pasa nada!

—No importa. Podemos vivir juntos, pero usted debe mudarse con nosotras mañana.

—¿Qué quiere decir? ¿Mudarme con usted? Muy bien, estoy preparado...

—Sí, usted puede ser nuestro inquilino. Tenemos el ático en la planta de arriba; está vacío. Teníamos a una dama allí, una anciana de familia noble, pero se ha mudado y sé que mi abuela quiere alquilarle la habitación a un hombre joven. Yo le dije: «¿Por qué a un hombre joven?». Y ella dijo: «Bueno, ya sabes que estoy envejeciendo, pero no vayas a creer que quiero que te cases con él». Sólo supe que eso era lo que tenía en mente.

—¡Oh, Nastenka!

Y ambos nos reímos.

—Pero ya basta, ya basta por ahora. ¿Dónde vive usted? Se me ha olvidado.

—Cerca... cerca del puente. En la casa Barannikov.

—¿Ese edificio grande?

—Sí, en ese mismo.

—Oh sí, lo conozco, es un lugar agradable. Pero, aun así, ya sabe... actúe con rapidez y múdese con nosotras...

—Mañana lo haré, Nastenka, mañana. Debo algo de dinero por el piso, pero no pasa nada... Recibiré mi salario pronto.

—¿Sabe qué? Yo podría empezar a dar clases. Estudiaré y entonces daré clases.

—Bueno, eso es realmente maravilloso... y yo recibiré una paga extra pronto, Nastenka.

—Entonces mañana usted será mi inquilino...

—Sí, y podremos ir a ver *El barbero de Sevilla,* porque van a representarlo pronto otra vez.

—Sí, haremos eso —dijo Nastenka con una risita—. No, es mejor que veamos otra cosa que no sea *El barbero de Sevilla...*

—Bueno, no pasa nada, veremos otra cosa. Por supuesto que eso sería mejor, no sé en qué estaría pensando...

Y así hablando, ambos caminábamos en una suerte de neblina como si ni nosotros mismos supiéramos qué nos estaba sucediendo. Nos deteníamos y hablábamos largo y tendido en un lugar, luego volvíamos a emprender la marcha, Dios sabe hacia donde, más risas, más lágrimas... De repente Nastenka quiso irse a casa y yo no me aventuré a evitarlo, pues tenía la intención de acompañarla hasta su casa; nos pusimos en marcha y, al cabo de un cuarto de hora, nos encontramos en el muelle, cerca de nuestro banco. Ahora ella soltó un suspiro y las lágrimas volvieron a caer de sus ojos; yo me descorazoné, sentí un escalofrío... Pero ella apretó mi mano al punto y volvió a tirar de mí para pasear y hablar...

—Ya es hora de que me vaya a casa. Creo que es muy tarde —dijo Nastenka al fin—. ¡Basta de este comportamiento infantil!

—Sí, Nastenka, aunque estoy seguro de que no conseguiré dormir. No me iré a casa.

—No creo que yo tampoco pueda dormir, pero acompáñeme a la casa...

—¡Por supuesto que sí!

—Pero esta vez llegaremos hasta la puerta de nuestro apartamento.

—Por supuesto que sí, por supuesto...

—¿Me da su palabra de honor? ¡Porque tengo que volver a casa en algún momento!

—Palabra de honor —respondí entre risas.

—¡Vámonos, pues!

—Vámonos. Sólo mire ese cielo, Nastenka, ¡mírelo! Mañana va a ser un día maravilloso, con el cielo tan azul y... ¡vaya luna! Mire esa nube amarilla que la bloquea, ¡mire, mire! No, ya se ha ido. ¡Mire, mire allí!

Pero Nastenka no estaba mirando la nube, sino que permanecía muda, anclada al sitio; un instante después comenzó a presionarse tímidamente contra mí. Su mano comenzó a temblar en la mía. La miré... Ella se apretó más contra mí.

En ese momento, un joven pasó junto a nosotros. Se detuvo bruscamente, nos miró detenidamente y luego dio varios pasos. Mi corazón temblaba en mi pecho...

—Nastenka —dije en voz baja—. ¿Quién es, Nastenka?

—¡Es él! —susurró. Siguió presionando más contra mi cuerpo, temblando... Yo apenas podía mantenerme en pie.

—¡Nastenka! ¡Nastenka! ¡Es usted! —llegó la voz a nuestras espaldas y, en ese momento, el joven se acercó unos pasos más...

¡Dios, vaya grito que lanzó ella! ¡Cómo se estremeció! Se arrancó de mis brazos y se encaminó vacilante a reunirse con él! Yo me quedé mirándolos, destrozado. Pero, apenas ella le hubo dado la mano a él, apenas se hubo lanzado a sus brazos, cuando se giró hacia mí y, de repente, se situó a mi lado como el rayo, como el viento, y, antes de poder recomponerme, me rodeó con sus brazos y me besó con firmeza y pasión. Luego, sin decir palabra, volvió a correr hacia él, lo tomó del brazo y tiró de él para que caminara con ella.

Me quedé allí largo tiempo, mirando cómo se alejaban... Finalmente desaparecieron de mi vista.

Por la mañana

Mis noches terminaron con la mañana. Era un día horrible. La lluvia caía y golpeaba de forma brutal los paneles de mi ventana; mi pequeña habitación estaba oscura y fuera estaba muy nublado. Mi dolorida cabeza daba vueltas sin cesar; una fiebre se extendía por todos mis miembros.

—Una carta para usted, señor, del correo de la ciudad. La ha traído el cartero —estaba diciendo Matriona, quien se cernía sobre mí.

—¡Una carta! ¿De quién? —grité mientras me levantaba de un salto de mi sillón.

—Eso no lo sé, señor. Échele un vistazo. Tal vez diga de quién es.

Rompí el sello. ¡Era de Nastenka!

«¡Ah, ojalá él fuera usted!» pasó por mi mente. ¡Recordaba sus propias palabras, Nastenka!

Leí la carta una y otra vez durante mucho tiempo mientras se me llenaban los ojos de lágrimas. Al final cayó de mis manos y me tapé el rostro.

—¡Cielos! —exclamó Matriona.

—¿Qué pasa, mujer?

—Esas telarañas. Las he quitado de todo el techo, de modo que ya puede casarse, o invitar a gente.

Miré a Matriona... Ella seguía siendo una vivaz y joven anciana pero, no sé por qué, de repente me resultó encorvada y decrépita, sus ojos apagados, su rostro arrugado... No sé por qué, pero mi habitación había envejecido igual que la anciana. Las paredes y el suelo se habían descolorido, todo se había vuelto sucio, había más telarañas que nunca. No sé por qué pero, cuando miré por la ventana, me pareció que la casa de enfrente también se había vuelto decrépita y sucia, con el estucado de las columnas descascarillado, las cornisas oscurecidas y rajadas, las paredes color ocre oscuro manchadas y moteadas...

O bien un veloz rayo de sol se había desvanecido rápidamente detrás de una nube de lluvia y lo había vuelto todo gris ante mis ojos, o tal vez toda la perspectiva de mi futuro había pasado como un destello frente a mí, tan triste y poco halagüeño, y me vi a mí mismo justo como era ahora, dentro de quince años, envejeciendo en la misma habitación, solo como ahora con la misma Matriona, quien no se había vuelto ni un ápice más inteligente con el transcurrir de los años.

¡Ojalá creciera mi resentimiento, Nastenka! ¡Ojalá lance una oscura nube sobre tu brillante y serena felicidad! Ojalá pueda infligir desgracia en tu propio corazón con mis amargos reproches, herirlo con punzadas y hacerlo latir ansioso en tus momentos de felicidad, o destrozarlo como uno de esos tiernos capullos entretejidos en tus rizos oscuros cuando vayas con él al altar... ¡Oh, nunca, nunca! ¡Que tu cielo esté despejado, que tu dulce sonrisa sea alegre y serena, que te veas bendecida por momentos de gozo y felicidad que entregaste a otro, a un corazón solitario y agradecido!

¡Dios bendito! ¡Un solo momento de felicidad! ¿No es suficiente incluso para toda la vida de un hombre?

EL SUEÑO DE UN HOMBRE RIDÍCULO

Una historia fantástica

I

Soy un hombre ridículo. Hoy en día me llaman loco. Eso sería un ascenso en rango si no persistieran también en considerarme ridículo. Pero estos días ya no me enfado por ello; estos días los aprecio a todos, incluso cuando se burlan de mí, y entonces, por alguna razón, los adoro... en todo caso, incluso más. Me uniría a las risas, no tanto por reírme de mí sino por amor hacia ellos, si no me entristeciera tanto contemplarlos. Es triste porque ellos no conocen la verdad, mientras que yo sí. ¡Ah, qué doloroso es ser el único que sabe la verdad! Pero ellos no lo comprenderán. No, no lo entenderán.

Anteriormente yo solía angustiarme en demasía por el hecho de que yo resultaba raro a los demás. Más bien lo era, no lo parecía. Siempre fui peculiar y he sido consciente de ello desde el día en que nací. Creo que fue alrededor de los siete años cuando fui consciente de mi rareza. Después de todo, fui al colegio, luego a la universidad y, ¿qué les parece? Cuanto más estudiaba, más me percataba de que era raro. Para mí, por lo tanto, era como si el único tema de todo mi curso universitario hubiera sido, en el fondo, demostrar y dejar claro lo peculiar que era yo. Como con mis estudios, así pasó en mi vida. Con cada año que pasaba, esta misma conciencia de la ridícula figura que yo presentaba en todos los aspectos creció y se reforzó. Todos se reían de mí a la mínima ocasión. Pero nadie sabía ni adivinaba que, si había un hombre sobre la tierra que supiera mejor que nadie cuán ridículo era, ese hombre era yo, y eso era lo que más me exasperaba de todo el asunto, que ellos no lo supieran. Era culpa mía, empero, pues siempre fui tan orgulloso que nunca habría querido admitirlo ante el mundo. Este orgullo creció dentro de mí conforme pasaba el tiempo y, si yo me hubiera permitido admitir ante cualquiera que yo era ridículo, entonces creo que me habría volado la cabeza con un revólver en ese preciso instante, esa misma noche. Ah, cómo sufrí en mi adolescencia por si me venía abajo y se lo contaba de forma espontánea a mis condiscípulos. Pero desde mi mayoría de edad, aunque con cada año que pasa he aprendido más y más sobre esta desagradable condición mía, me he vuelto de forma inexplicable una persona algo más calmada. Uso la palabra «inexplicable» porque, hasta ahora, no he conseguido determinar por qué debería de ser así. Tal vez sea porque una terrible angustia se había desarrollado dentro de mi alma, ocasionada por una circunstancia que se cernía infinitamente más grande que mi propio ser; para ser precisos, fue la incipiente convicción de que, en definitiva, *nada importaba* en el mundo. Había tenido tal presentimiento durante mucho tiempo, pero la completa convicción llegó rápidamente durante este último año. De repente, me di cuenta de que *no me importaba* que el mundo existiese o que no hubiese nada en absoluto en ninguna parte. Comencé a intuir y sentir con todo mi ser que *no había nada a mi alrededor* . Al principio me sentí inclinado a pensar que en el pasado había habido gran cantidad de cosas, pero más tarde descubrí que, anteriormente, tampoco había habido nada, que simplemente había parecido de otro modo por alguna razón. Poco a poco me convencí de que tampoco habría nada en el futuro. Fue entonces cuando de repente dejé de estar enfadado con los demás y casi dejé de verlos. De hecho, esto se hizo aparente incluso en los asuntos más triviales: por ejemplo, me tropezaba con la gente cuando iba caminando por la calle. Y no era porque estuviera preocupado, pues ¿qué iba a tenerme preocupado? Llegados a ese punto, había renunciado a pensar: todo me resultaba lo mismo. Y hubiera estado todo bien si hubiera estado resolviendo problemas... ¡Ay, no resolví ni siquiera uno, y eso que había muchos! Pero me había vuelto *indiferente* y las preguntas se desvanecían al fondo.

Y entonces, fue como consecuencia de todo esto por lo que supe la verdad. Conocí la verdad el pasado noviembre, el día tres para ser exactos, y desde entonces puedo recordar el momento preciso. Sucedió una noche deprimente, la más deprimente que se puedan llegar a imaginar. Iba volviendo a casa en algún momento pasadas las once y recuerdo que, en realidad, iba reflexionando que era imposible que hubiera una hora más deprimente que aquella. Incluso en un sentido físico. La lluvia había caído a plomo todo el día, la lluvia más fría y más sombría, una suerte de lluvia amenazadora, recuerdo que era abiertamente hostil hacia los seres humanos. Y ahora, pasadas las diez, paró con brusquedad para ser sustituida por una temerosa humedad, más fría y más húmeda que cuando la lluvia había estado cayendo. Todo parecía producir una especie de vapor, cada adoquín de la calle, cada callejón, si uno miraba hasta el fondo desde la calle. De pronto visualicé que, si las lámparas de gas se extinguieran, todo sería más alegre, porque la luz de gas entristecía el corazón al iluminar todo esto. Apenas había cenado nada ese día y, desde temprano esa velada, había estado en la casa de un cierto ingeniero; había otros dos amigos allí también. Hablé poco y creo que eso les resultó complicado. Estaban hablando sobre un tema provocativo y, de pronto, el argumento se acaloró. Pero a ellos no les importó, según pude ver, y se estaban alterando sólo por alterarse. Con tono brusco les dije: «Caballeros, saben que no les importa, ¿verdad?». No se ofendieron y se produjo una hilaridad general a mi costa. Eso fue porque yo había hablado sin reprobación y no había significado nada para mí. Vieron mi indiferencia y eso les divirtió.

Mientras yo iba pensando en las luces de gas de la calle, levanté la vista hacia el cielo. Estaba horriblemente oscuro y, aun así, podía distinguir con claridad nubes irregulares y, entre ellas, insondables espacios negros. De repente, vislumbré en uno de esos espacios una estrella diminuta y comencé a observarla atentamente. Y eso fue así porque la diminuta estrella me había dado una idea: decidí quitarme la vida esa noche. Lo había decidido firmemente dos meses antes, de hecho, y, a pesar de mi pobreza, había comprado un espléndido revólver y lo había cargado ese mismo día. Dos meses habían pasado ya, no obstante, y seguía metido en el cajón; pero por aquel entonces me había sentido tan completamente apático que, al final, me había parecido preferible elegir un momento que fuera más significativo para mí. ¿Por qué? No lo sé. Y así, durante los últimos dos meses, cuando volvía a casa cada noche, pensaba que me pegaría un tiro. Sólo estaba esperando el momento. Y ahora esta estrella me había dado una idea, y decidí que sería *esta noche* sin falta. Pero no sabía por qué la estrella me había metido esa idea en la cabeza.

Y sucedió que, tras un rato de estar mirando al cielo, una niña pequeña me agarró del codo. La calle estaba desierta ahora y no había prácticamente nadie alrededor. A lo lejos, un cochero dormitaba en el pescante de su carruaje. La niña tendría unos ocho años y todo lo que llevaba encima era un vestidito desastrado y un pañuelo en la cabeza; iba toda mojada, pero me fijé en especial en sus destrozados zapatos húmedos; todavía los recuerdo, pues fueron lo que llamaron mi atención en particular. De pronto, ella empezó a tirar de mi codo y a llamarme. No estaba llorando, pero no dejaba de balbucear palabras que no podía articular de un modo adecuado porque estaba temblando por el frío. Por alguna razón, se hallaba aterrorizada y seguía gritando desesperada: «¡Mamá! ¡Mamá!». Me giré para mirarla, pero no dije nada y continué caminando. Pero ella siguió corriendo y tirando de mí, y su voz poseía ese sonido que indicaba desesperación en niños que están muy asustados. Conozco ese sonido. Aunque ella no había conseguido pronunciar ninguna palabra con propiedad, me di cuenta de que su madre se estaba muriendo en algún sitio, o que algo les había pasado y ella había corrido para llamar a alguien o buscar ayuda para su madre. Pero no la seguí; al contrario, de repente se me ocurrió ahuyentarla. Al principio le dije que se fuera a buscar a un policía, pero ella sólo se cruzó de brazos y siguió corriendo a mi lado, sollozando sin aliento, y sin dejarme en paz. Entonces di un zapatazo hacia ella y le grité. Ella tan sólo exclamó: «¡Señor, señor!», pero de inmediato me abandonó y echó a correr hacia el otro lado de la calle: otro transeúnte había captado su mirada y era evidente que había echado a correr tras él.

Subí a mi cuarto piso. Tenía alquilada una de las habitaciones de la casa. Mi habitación es pequeña y sencilla, con una ventana semicircular de buhardilla. Tengo un sofá de hule, una mesa con mis libros, dos sillas y un sillón... al estilo de Voltaire, por muy antiguo que pueda ser. Me senté, encendí una vela y me puse a pensar. En la habitación de al lado, el alboroto continuaba. Se había estado sucediendo desde antes de ayer. Un capitán jubilado vivía allí y tenía visitas, unos seis civiles; estaban bebiendo vodka y jugando a las cartas con unos naipes viejos. Había tenido lugar una pelea la noche anterior y sabía con certeza que dos de ellos arrastraron a otro por el pelo durante bastante rato. A la casera le gustaría quejarse, pero el capitán la aterroriza. Sólo teníamos otra inquilina, una pequeña dama esbelta, una recién llegada esposa de militar con tres niños pequeños que ya habían enfermado en nuestra casa de huéspedes. Tanto ella como los niños sienten un miedo mortal hacia el capitán, y se estremecen y se persignan todas las noches; el niño más pequeño ha estado tan aterrorizado que le dieron una especie de convulsiones. Sé de buena tinta que este capitán, en ocasiones, para a viandantes en la avenida Nevsky y les pide dinero. Nadie le dará trabajo pero, cosa extraña, y a esto es a lo que quiero llegar, durante todo el mes que ha estado viviendo aquí, el capitán no me ha causado la menor de las molestias. Rechacé su amistad, por supuesto, desde el principio, y él también pensó que yo era un aburrido desde el comienzo también; sin embargo, por mucho que puedan gritar detrás de su pared y por muchas personas que puedan hacinarse allí... nunca me molesta. Me siento allí toda la noche y en realidad nunca los oigo, así de ajeno a todo estoy. De todos modos, nunca me acuesto antes del amanecer, y eso lleva pasando desde hace un año. Me siento toda la noche en el sillón junto a la mesa y no hago nada en absoluto. Sólo leo libros durante el día. Me siento allí sin siquiera pensar, solo, ya saben, jugueteando con diversas nociones mientras las dejo existir. La vela se extingue durante la noche.

Me senté a la mesa, saqué el revólver y lo coloqué frente a mí. Cuando lo dejé sobre la mesa, recuerdo que me pregunté: «¿Correcto?» y que respondí con bastante seguridad, «Correcto». Eso era, me pegaría un tiro. Sabía que ciertamente me pegaría un tiro esa noche, pero no sabía cuánto tiempo estaría sentado ante la mesa. Y ciertamente me habría disparado sin dudar si no hubiera sido por esa niña pequeña.

II

Así que ya ven, aunque realmente me sentía indiferente, sí que sentía dolor real. Si alguien me hubiera golpeado, habría experimentado dolor. Era exactamente lo mismo en el sentido moral: si dejáramos que algo supremamente lastimero sucediese, yo sentiría lástima, igual que cuando no me sentía indiferente a todo en la vida. De hecho, había sentido lástima hacía sólo un rato: ciertamente habría ayudado a esa niña. Entonces, ¿por qué no lo había hecho? Por un pensamiento que se me había ocurrido en ese instante: cuando ella estaba tirando de mí, llamándome, una cierta pregunta había cruzado mi mente y había sido incapaz de responderla. La pregunta era inútil por naturaleza, pero me enfureció porque, al haber decidido de una vez que acabaría con mi vida aquella noche, entonces todo en el mundo, por fuerza, me debía resultar indiferente... de hecho, mucho más que antes. ¿Por qué entonces esta repentina sensación de que yo no era indiferente y de que sentía lástima por la niña? Recuerdo que le tuve mucha compasión, hasta el punto de experimentar una extraña sensación dolorosa, absolutamente increíble en la situación en la que me encontraba. La verdad es que no puedo expresar esa fugaz sensación de un modo más satisfactorio, pero siguió persistiendo en casa cuando me senté a la mesa y me sentí exasperado de un modo como no me había sentido desde hacía mucho tiempo. Un argumento se sucedía al otro. Resultaba claro que si yo era un hombre y todavía no era un cero, mientras no me hubiera convertido aún en un cero, entonces estaba vivo y, por consecuencia, podía sufrir, enfadarme y sentir vergüenza por mis actos. Muy bien. Pero entonces, digamos que si fuera a matarme en unas dos horas, ¿qué sería esa pequeña para mí y qué significaría para mí la vergüenza o cualquier otra cosa del mundo? Me estoy reduciendo a un don nadie, a un absoluto cero. ¿Y puede ser que tener conciencia de mi inminente y absoluta extinción, así como de la consecuencia de que nada existirá, no ejerza la más mínima influencia sobre mis sentimientos de lástima hacia la pequeña o sobre mi vergüenza por un acto malintencionado? Después de todo, la razón por la que di un zapatazo en dirección a la desgraciada niña y le grité brutalmente fue porque me dije a mí mismo: «No sólo estoy sordo a la compasión, sino que incluso si cometo alguna fechoría inhumana, puedo hacerlo ahora porque dentro de dos horas me habré extinguido». ¿Creen que es por eso por lo que grité? Estoy casi convencido ahora de que así fue. Parecía evidente que la vida y el mundo dependían de mí. Uno bien podría llegar a decir que el mundo fue creado sólo para mí, por así decirlo: me pegaré un tiro y el mundo dejará de existir, al menos para mí. Por no mencionar que, quizá, nada existirá para nadie después de mí, y todo el mundo, tan pronto como mi conciencia se extinga, se apagará como un fantasma, como un atributo de mi conciencia, y se prohibirá a sí mismo porque tal vez todo este mundo y todas estas personas... no son más que mi propio ser. Recuerdo, mientras estaba ahí sentado debatiendo, que enfoqué todas estas novedosas preguntas, las cuales se agolpaban sobre mí unas sobre otras, en una dirección completamente diferente y concebí algo absolutamente nuevo. Por ejemplo, una extraña noción se me ocurrió de repente, que si yo hubiera vivido anteriormente en la luna o en Marte, y hubiera perpetrado allí la acción más vergonzosa y deshonrosa que uno pudiera imaginarse, y si hubiera sido aborrecido y deshonrado de algún modo que sólo puede imaginarse o experimentarse en sueños ocasionales, o en pesadillas, y si, una vez de vuelta en la tierra, me hicieran conservar la conciencia de lo que había hecho en ese otro planeta, además de saber que nunca jamás volvería allí bajo ninguna circunstancia, entonces, al mirar hacia la luna desde la tierra, ¿me sentiría *indiferente* o no? ¿Sentiría vergüenza por esa acción o no? Estas preguntas eran ociosas e irrelevantes, puesto que el revólver ya estaba situado frente a mí, y sabía con cada fibra de mi ser que *eso* ciertamente tendría lugar, pero me excitaba y me enfurecía. De algún modo ahora era incapaz de morir sin haber resuelto algo primero. En resumidas cuentas, esa niña pequeña me había salvado; mis preguntas habían pospuesto la bala. Mientras tanto, en la habitación del capitán, todo se había vuelto más tranquilo: habían terminado de jugar a las cartas y se estaban instalando para dormir, gruñendo e intercambiando un perezoso y último insulto. Llegados a este punto, bruscamente caí dormido en mi sillón ante la mesa, algo que nunca antes me había pasado. No me percaté de que estuviera sucediendo. Los sueños, tal y como los conocemos, son cosas extremadamente raras: algunas partes poseen una horrenda claridad, el acabado de un joyero en sus detalles, mientras que otras partes son obviadas sin dar cuenta de tiempo ni espacio. Los sueños parecen estar alimentados según los deseos de cada uno y no por la razón, por el corazón y no el cerebro, y aun así ¡qué prodigios de complejidad interpretaba a veces mi razón cuando soñaba! Cosas absolutamente inconcebibles suceden en los sueños. Mi hermano, por ejemplo, murió hace cinco años. A veces lo veo en mis sueños: me echa una mano en mis asuntos, nos concentramos y, durante toda la duración del sueño, sé y recuerdo que mi hermano está muerto y enterrado. ¿Cómo diantres puede dejar de sorprenderme que, a pesar de estar muerto, esté ocupado a mi lado? ¿Por qué mi razón permite todo esto sin objeciones? Pero ya basta de todo eso. Permítanme proceder con mi sueño. ¡Sí, ahí fue cuando tuve ese sueño mío, el tres de noviembre! Se burlan de mí hoy en día porque sólo fue un sueño, después de todo. Pero ¿acaso importa que fuera un sueño o no si ese sueño me reveló la Verdad? Pues una vez que has aprendido y has visto la verdad, sabes que es realmente la verdad, que es esa y no puede ser ninguna otra, tanto si estás despierto o dormido. Pues bien, ¿y qué si fue un sueño, y qué si lo fue? Esta vida de la que se quejan tanto es lo que yo quería extinguir con mi suicidio, mientras que mi sueño, mi sueño... ¡Oh, me ha revelado una nueva, regenerada y grandiosa intensidad de vida!

Escuchen.

III

Dije que me quedé dormido sin darme cuenta, mientras que, al parecer, seguía deliberando sobre los asuntos que ya he mencionado. De pronto soñé que cogía el revólver y, allí sentado, apuntaba directo a mi corazón... al corazón, no a la cabeza; en realidad había planeado por adelantado dispararme en la cabeza, en la sien derecha para ser preciso. Apuntando a mi pecho, me detuve por un segundo o dos y mi vela, la mesa y la pared bruscamente comenzaron a moverse y a tambalearse. Disparé sin dilación.

A veces, en sueños, caemos desde una altura, nos pegan o nos azotan, pero nunca sentimos dolor a menos que nos demos un golpe contra la cama: entonces sentimos dolor y casi siempre nos despertamos. Así fue en mi sueño: no sentí dolor, pero parecía que, tras mi disparo, todo dentro de mí había convulsionado y se había extinguido de súbito; todo se volvió horriblemente negro a mi alrededor. Parecía que estaba ciego y mudo allí tumbado de espaldas sobre algo duro. No podía ver nada y era incapaz de realizar el menor movimiento. Gente a mi alrededor caminaba y gritaba, la voz de bajo del capitán, los gritos de la casera... luego pasó otro brusco intervalo y sentí que me estaban portando dentro de un ataúd cerrado. Podía sentir el ataúd moverse y consideré el asunto; de repente, por primera vez, se me ocurrió la idea de que en realidad estaba muerto, muy muerto, y lo sabía como un hecho indudable. No podía ver ni podía moverme, y aun así podía sentir y pensar. Pero rápidamente acepté la situación y, como normalmente pasa en los sueños, acepté la realidad sin protestar.

Ahora me estaban enterrando en la tierra. Todo el mundo se marchó y me quedé solo. No me moví. Cada vez que había fantaseado con ser enterrado, siempre había asociado la tumba sólo con el frío y la humedad. Ahora me sentía muy frío, en especial la punta de los dedos de mis pies, pero, más allá de eso, no sentía nada. Estaba allí tumbado y, cosa extraña, no anticipaba nada, pues aceptaba sin argumentos que un hombre muerto no alberga expectativas. Pero había humedad. No sabía cuánto tiempo había pasado: una hora, un día, muchos días. Pero entonces, de pronto, una gota de agua que se había colado por la tapa del ataúd cayó sobre mi cerrado ojo izquierdo. A esta gota le siguió otra un minuto más tarde, y una tercera un minuto más tarde, y así sucesivamente en intervalos regulares de un minuto. Una profunda indignación surgió en mi corazón y, de repente, sentí dolor físico allí: «Es mi herida —pensé—, el disparo, hay una bala ahí». Y las gotas siguieron cayendo cada minuto, directamente sobre mi ojo cerrado. Bruscamente llamé, no con mi voz, tampoco podía moverme, sino con todo mi ser, al árbitro de todo lo que me estaba sucediendo:

—Quien quiera que seas, si estás ahí y existe algo más racional que lo que está pasando en este momento, entonces concédele que se aparezca aquí también. Sin embargo, si te estás vengando por mi desacertado suicidio, con la humillante ridiculez del continuo ser, entonces debes saber que ninguna tortura que pueda aplicárseme será jamás comparable al mudo desprecio que sentiré durante mi martirio, aunque este dure un millón de años.

Realicé mi alegato y quedé en silencio. Un profundo silencio que duró casi un minuto antes de que otra gota de agua cayera, pero sabía y confiaba, con una convicción firme e infinita, que las cosas ciertamente cambiarían pronto... Y de repente mi tumba se abrió. A ver, no sé si la habían abierto o si la habían excavado, pero fui agarrado por alguna misteriosa criatura desconocida y ambos nos encontramos en el espacio. De pronto recuperé la vista: era noche profunda. ¡Nunca, nunca había existido tal oscuridad! Vagamos por el espacio, ahora muy lejos de la tierra. No le hice ninguna pregunta a lo que fuera que me llevaba; esperé y conservé mi orgullo. Me convencí de que no tenía miedo y casi me desmayé de éxtasis al pensar que no sentía temor. No recuerdo cuánto tiempo estuvimos a la deriva, ni puedo concebirlo; todo sucedió del modo en el que siempre sucede en los sueños, cuando pasas por el espacio, el tiempo y las leyes del ser y la razón, deteniéndote sólo en puntos que el corazón selecciona por capricho. Recuerdo que de repente vi una pequeña estrella en la oscuridad.

—¿Esa es Sirius? —pregunté. Mi contención se resquebrajó, pues no había tenido intención de hacer preguntas.

—No, es la misma estrella que viste entre las nubes cuando volvías a casa —respondió la criatura que se me había llevado.

Sabía que poseía una especie de rostro humano. De un modo extraño, no me gustaba la criatura; de hecho, experimenté una auténtica sensación de repugnancia. Había esperado el completo olvido, la razón para dispararme en el corazón. Y ahí estaba yo, en las garras de una criatura, por supuesto no humana, pero que *era*, que existía.

«¡Entonces hay vida después de la muerte! —pensé, con esa extraña levedad de los sueños, pero la naturaleza esencial de mi mente permanecía en mí en toda su intensidad—. Y si tengo que existir de nuevo y volver a vivir bajo las órdenes inexorables de otra persona, ¡entonces no quiero ser doblegado ni humillado!».

—Sabes que te tengo miedo y que me desprecias por ello —le dije de repente a mi acompañante, incapaz de contener la humillante afirmación, la cual ocultaba una admisión, y presentí mi propia humillación como el pinchazo de una aguja en mi corazón. Él no contestó a mi pregunta, pero tuve la repentina sensación de que ya no me despreciaba ni se burlaba de mí, ni siquiera me tenía lástima, y que nuestro viaje se acercaba a su fin, un fin que era desconocido y misterioso y que solo me concernía a mí. El miedo creció en mi interior. Algo que agonizaba en silencio me fue transmitido por mi silencioso compañero y pareció perforar mi ser. Íbamos pasando por oscuras regiones desconocidas del espacio. Hacía mucho que había dejado de distinguir constelaciones que pudiera identificar. Sabía que existían estrellas en las profundidades del espacio, estrellas cuya luz tardaba miles, incluso millones, de años en llegar a la tierra. Tal vez ya nos hubiéramos abierto paso más allá de esas extensiones. Estaba esperando algo en la angustia que atormentaba mi corazón. Entonces, de un modo bastante repentino, una familiar y absolutamente encantadora emoción me sacudió: ¡vi nuestro sol! Sabía que no podía ser *nuestro* sol, que había dado vida a *nuestra* tierra, y que estábamos a una distancia infinita de nuestro sol, pero me percaté con todo mi ser de que era exactamente el mismo tipo de sol que el nuestro, su duplicado y doble. Una dulce y seductora emoción arrancó acordes de éxtasis dentro de mi alma: mi corazón respondió al querido poder familiar de la luz que me había engendrado y revivió. Sentí una sensación de vida, mi anterior vida, por primera vez desde mi entierro.

—Pero, si este es el sol, si este es exactamente el mismo sol que el nuestro —exclamé—, entonces, ¿dónde está la tierra?

Y mi acompañante señaló hacia una pequeña estrella que brillaba como una esmeralda en la oscuridad. Íbamos flotando directos hacia ella.

—Seguro que no puede haber duplicados como estos en el universo. ¿Puede ser en realidad una ley de la naturaleza? Y si esa de allí es un planeta tierra, ¿es posible que pueda ser una tierra igual que la nuestra? ¿Exactamente la misma, desdichada, pobre, siempre amada, que inspira en sus muy desagradecidos hijos el mismo afecto desgarrador?

Lloré, dominado por un irresistible y eufórico amor por esa querida y vieja tierra anterior que había dejado atrás. La imagen de la pobre niñita a la que había menospreciado parpadeó frente a mí.

—Ya lo verás todo —respondió mi acompañante, y una suerte de pena resonaba en sus palabras.

Pero ahora ya nos estábamos acercando rápidamente al planeta. Crecía ante mis ojos. Ya podía distinguir el océano y el contorno de Europa; de repente, una extraña emoción como de grandes y sagrados celos surgió en mi corazón: «¿Cómo podía existir tal duplicado y por qué? Amo y sólo puedo amar a la tierra que he dejado atrás, la cual soporta las salpicaduras de mi sangre cuando yo, desagradecido, me quito la vida con un disparo en el corazón. Pero nunca jamás dejé de amar esa tierra, y puede ser que la amase más dolorosamente que nunca desde la misma noche en la que partí de ese mundo. ¿Existe el tormento en esta tierra? ¡En nuestra tierra sólo podemos amar de verdad si sufrimos, o a través del sufrimiento! No conocemos otra forma de amar y no conocemos otro tipo de amor. Busco sufrir para amar. Quiero... deseo en este momento besar, bañado en lágrimas, sólo esa tierra que he dejado atrás. ¡Ni quiero ni aceptaré cualquier otra vida!

Pero mi acompañante ya me había dejado. De pronto estaba de pie, casi sin ser consciente de ello, sobre esa otra tierra bajo los brillantes rayos del sol en un día paradisíaco. Al parecer me encontraba en una de las islas que, en nuestra tierra, conforman el archipiélago griego, o en algún lugar de la costa en el continente contiguo al archipiélago. Ah, todo era exactamente como el nuestro, pero daba la impresión de que todo brillaba con una especie de aire festivo, como de haber logrado por fin algún gran sagrado triunfo. El delicado mar esmeralda golpeaba silencioso contra la orilla, acariciándola con un amor que era obvio, palpable, casi consciente. Altos y hermosos árboles se alzaban vestidos con la exuberancia plena de su follaje; sus innumerables hojas, estoy convencido de ello, me saludaban con un bajo murmullo que era como una caricia que parecía pronunciar palabras de amor. La hierba relucía con luminosas flores de dulce aroma. Bandadas de pájaros volaban por el cielo y, sin asustarse de mí en absoluto, se posaban en mis hombros y manos y aleteaban contentos para mí con sus queridas alitas. Y finalmente vi y reconocí a las personas de esta tierra feliz. Vinieron a mí por voluntad propia, me rodearon, me besaron. Los hijos del sol, hijos de su propio sol... ¡Ah, qué hermosos eran! Nunca en nuestra tierra había visto tal belleza en una persona. Tal vez solo en nuestros hijos, en sus primeros años, podríamos haber encontrado algún distante y débil reflejo de tal belleza. Los ojos de estas personas felices refulgían, límpidos y lustrosos. Sus rostros irradiaban inteligencia y una especie de conciencia que había sido obtenida para la condición de serenidad, pero estos rostros eran joviales y una alegría infantil resonaba en sus palabras y voces. ¡Ah, al ver sus rostros por primera vez de inmediato lo comprendí todo, todo! Era una tierra que aún no había sido profanada por la Caída. Estaba habitada por personas libres de pecado, que vivían en ese paraíso en el que, según la tradición de toda la humanidad, nuestros pecadores ancestros habían vivido, con una diferencia: que toda esta tierra y el paraíso eran una misma cosa. Estas personas que sonreían con alegría se arremolinaban a mi alrededor y me cubrían de afecto; me llevaron a sus casas y todos ellos se proponían hacerme sentir cómodo. Oh, no me hicieron preguntas; era como si ya lo supieran todo y buscaran eliminar el sufrimiento de mi rostro tan rápido como les fuera posible.

IV

Y otra vez... ¡Vale, de acuerdo, sólo era un sueño! Pero la sensación de amor de aquellas hermosas personas inocentes ha permanecido dentro de mí desde entonces; siento su amor derramándose sobre mí desde allá incluso ahora. Los vi por mí mismo, llegué a conocerlos en profundidad y me conquistaron; los amé y más tarde sufrí por su culpa. Oh, por supuesto que me di cuenta de inmediato, incluso en el momento, de que había mucho más en su carácter de lo que jamás llegaría a comprender plenamente; me resultaba desconcertante, a mí, un moderno, progresista y vil habitante de San Petersburgo, que no poseyeran nuestra ciencia a pesar de saber tanto. Pero pronto entendí que su conocimiento aumentaba y era alimentado por otras percepciones diferentes a las nuestras terrenales, y sus aspiraciones también eran completamente diferentes. No deseaban nada y eran serenos, no luchaban por obtener un conocimiento de la vida, como hacemos nosotros, porque para ellos la vida está completa en sí misma. Pero su conocimiento era, a su vez, más elevado y más profundo que nuestra ciencia, pues nuestra ciencia busca explicar qué es la vida, busca comprenderla para enseñar a otros a vivir; ellos sabían muy bien cómo vivir sin ciencia y eso lo entendí, pero no podía comprender su conocimiento. Me señalaban sus árboles y yo no podía entender el grado de amor con el que los miraban: era como si hablaran de criaturas como ellos mismos. ¿Y saben? Tal vez no ande muy descaminado si digo que solían hablar con ellos. Sí, habían descubierto su idioma y estoy convencido de que los árboles los entendían. Contemplaban toda la naturaleza de ese modo. Los animales, que vivían en paz junto a ellos, nunca los atacaban... incluso los amaban, domesticados por el amor que ellos mismos recibían. Me señalaban las estrellas y hablaban de algo que se escapaba a mi comprensión, pero estoy seguro de que estaban en contacto con los cuerpos celestes, no sólo en el sentido intelectual, sino de un modo real y físico. Ah no, estas personas nunca intentaron hacer que los entendiera, ellos me querían tal cual, pero también sabía que ellos nunca me comprenderían y por lo tanto, rara vez les hablaba de esta tierra nuestra. Todo lo que hice fue besar la tierra en la que vivían y los adoré sin palabras, y ellos observaron esto y permitieron que los adorara, impasibles ante mi adoración porque ellos mismos amaban demasiado. No se angustiaban cuando yo, a veces, solía besarles los pies, pues conocían con alegría en sus corazones el poder del amor recíproco. A veces me preguntaba con perplejidad: ¿cómo se las ingeniaron todo ese tiempo para no ofender a alguien como yo y para no levantar sentimientos de celos y envidia en un individuo como yo? Una y otra vez me preguntaba cómo yo, un charlatán y un mentiroso, podía contenerme para no hablarles de mi propio aprendizaje, del cual, naturalmente, ellos no tenían noción, experiencia o deseo, para asombrarlos de tal modo aunque sólo fuera por el amor que les tenía.

Ellos eran tan alegres y juguetones como niños. Correteaban por sus hermosos bosques y campos mientras cantaban sus deliciosas canciones; comían con frugalidad de los frutos de sus árboles, la miel de sus bosques y la leche de sus afectuosos animales. Obtenían comida y ropa que sólo les costaba un mínimo esfuerzo. El amor era algo conocido entre ellos y niños nacían, pero nunca me encontré con uno de esos estallidos de *cruel* sensualidad que afecta virtualmente a todo el mundo en nuestra tierra, a todos y a cada uno de nosotros, y que representa la única fuente de casi todos los pecados de la humanidad. Se regocijaban con los niños que aparecían, como nuevos participantes en su júbilo. No había peleas entre ellos y tampoco celos; ni siquiera entendían qué era eso. Sus hijos eran hijos de todos, porque todos conformaban una familia. Prácticamente no tenían enfermedades, aunque la muerte existía; los ancianos morían en paz, se quedaban dormidos, por así decirlo, rodeados por personas que los despedían; ellos los bendecían, sonriendo y recibiendo radiantes sonrisas a cambio. No vi pena ni lágrimas durante todo el proceso, nada más que amor que se elevaba hasta llegar al éxtasis... un sereno, realizado, contemplativo éxtasis. Uno podría incluso haber pensado que mantenían contacto con aquellos que ya habían fallecido y que su comunión terrenal no se veía interrumpida por la muerte.

Apenas podían entenderme cuando solía preguntarles por la vida eterna, pero era evidente que se sentían instintivamente seguros de ellos y no suponía un problema para ellos. No tenían altares, pero sí tenían una especie de constante comunión viva y vital con el Todo universal; no seguían un credo religioso, sino que más bien se sentían seguros en el conocimiento de que, cuando su gozo terrenal llegara al máximo límite de la naturaleza terrenal, llegaría para los vivos y los muertos un abanico aún más amplio de contacto con el Todo universal. Esperaban ese momento con alegría, pero sin prisas, sin preocuparse por ello; era como si lo guardaran entre las expectativas emocionales que se comunicaban entre sí. Por la noche, antes de retirarse, disfrutaban componiendo coros melodiosos y armoniosos. En sus canciones expresaban todas las emociones que el día que había terminado les había concedido, y lo despedían glorificándolo. Cantaban himnos a la naturaleza, a la tierra, al mar, a los bosques; les encantaba componer canciones sobre los demás, y se alababan como niños. Dichas canciones eran muy sencillas, pero brotaban del corazón y perforaban los corazones de los demás. No estaba solo en las canciones; parecían pasar toda su vida comiéndose a los demás con la mirada. Era una especie de historia de amor mutuo, completo y universal. El resto de sus canciones, solemnes y jubilosas, apenas podía comprender. Aunque entendía las palabras, nunca podría penetrar en el núcleo de su significado. Permanecía inaccesible a mi mente, aun cuando mi corazón, sin darse cuenta, se empapaba cada vez más con él. Con frecuencia solía decirles que había sentido una premonición de todo esto hacía mucho tiempo cuando, allá en nuestra tierra, toda esta alegría y todas estas alabanzas habían adoptado la forma de un seductor deseo que se elevaba a veces hasta convertirse en insoportable pena; les decía que los había predicho a todos ellos y a sus alabanzas en los sueños de mi corazón y en las visiones de mi mente, que a menudo no podía ver una puesta de sol sin romper a llorar... Que en mi odio hacia la gente de nuestra tierra siempre había un elemento de angustia: ¿por qué no podía odiarlos sin amarlos? ¿Por qué no podía negarles el perdón, por qué existía esa angustia en mi amor, por qué no podía amarlos sin odiarlos? Ellos me escuchaban y yo veía que eran incapaces de concebir lo que yo les estaba contando, pero no lamenté hablarles de todo ello: sabía que ellos entendían la intensidad de mi angustia sobre aquellos a los que había dejado atrás. Sí, cuando me miraban con sus dulces miradas cargadas de amor, cuando sentía que, entre ellos, mi corazón también se estaba volviendo tan inocente y honrado como el suyo, no sentí remordimientos por no comprenderlos. Me quedaba sin aliento ante la conciencia de la plenitud de la vida y, en silencio, los adoraba.

Oh sí, hoy en día todo el mundo se ríe en mi cara y me asegura que es simplemente imposible ver en sueños tantos detalles como los que ahora les cuento, que todo lo que vi o experimenté en mi sueño eran emociones engendradas por mi corazón y sus locas elucubraciones, y que yo había añadido los detalles después de que me hubiera despertado. Y cuando les declaré que quizá todo eso hubiera tenido lugar... ¡Cielos, cómo reían, cuánta diversión les proporcionaba! Oh sí, por supuesto que me he sentido sobrecogido por la mera experiencia de ese sueño y que sólo ha sobrevivido intacto en mi herido corazón: en oposición a esto, las reales imágenes y formas de mi sueño, es decir, aquellas que realmente vi durante el tiempo de mi sueño, alcanzaban tal armonía, eran tan maravillosamente hermosas y tan ciertas que, cuando me desperté, fui incapaz de personificarlas con nuestras ineficaces palabras, de modo que deben haberse emborronado en mi mente, por así decirlo, y, como consecuencia, quizá yo mismo me vi obligado sin querer a inventar los detalles, detalles que naturalmente distorsioné, en especial a la vista del apasionado deseo de mi corazón por verbalizarlos rápido y de cualquier forma. Por otro lado, ¿cómo no iba a creer que todo eso había tenido lugar? Tal vez hubiera sido mil veces mejor, más radiante y gozoso, que el modo en el que lo había contado. Puede que haya sido un sueño, pero no puede ser que no haya sucedido. ¿Saben? Voy a contarles un secreto: puede que todo esto, ¡no haya sido un sueño en absoluto! Porque algo sucedió, algo tan horriblemente real que no pudo ser producto de un sueño. Cierto es que mi corazón originó el sueño, pero seguro que mi corazón por sí solo no pudo haber engendrado una realidad tan sombría como la que he experimentado. ¿Cómo podría haberme inventado yo solo todo eso? ¿Cómo podría mi corazón haberlo creado? ¡Seguro que mi frívolo corazón y los irrisorios caprichos de mi mente no podrían exaltarse hasta llegar a tal revelación de verdad! Oh, juzguen ustedes mismos: he estado ocultando toda la verdad, pero ahora también les contaré esa verdad. El hecho es que yo... ¡los corrompí a todos!

V

¡Sí, sí, todo terminó conmigo corrompiéndolos a todos! ¿Cómo fue que sucedió? No lo sé, pero mi recuerdo es claro. Mi sueño duró milenios pero sólo dejó en mí un sentido general del todo. Todo lo que sé es que yo fui la causa de la Caída. Como una asquerosa triquina, como un germen pestilente que trae el contagio para todos los países, así infecté esa tierra, feliz y libre de pecado antes de mi llegada. Aprendieron a mentir, y se aficionaron a mentir y a percibir su belleza. Oh, puede que hubiera empezado de un modo *inocente,* como una broma, de un modo coqueto, como parte de una intriga amorosa, tal vez un simple germen, pero ese germen de una mentira penetró en sus corazones y se sintió bienvenido. Después de eso, la lascivia surgió rápidamente, la lascivia engendró celos, los celos engendraron crueldad... Oh, no lo sé, no lo recuerdo, pero pronto, muy pronto, se derramó sangre por primera vez: quedaron fascinados y aterrorizados; comenzaron a separarse y a dividirse entre ellos. Se formaron alianzas, se enfrentaban a los demás. Comenzaron los reproches y las culpas. Aprendieron lo que era la vergüenza, y la vergüenza fue elevada a virtud. El concepto de honor surgió y cada alianza alzó su propia bandera. Comenzaron a atormentar a los animales, que huían de ellos a los bosques y se convirtieron en sus enemigos. Empezó una lucha por separación, aislamiento, identidad personal, lo que es tuyo y lo que es mío. Comenzaron a hablar diferentes idiomas. Aprendieron qué era la pena y llegaron a apreciarla. Ansiaban el sufrimiento y decían que la Verdad sólo podía obtenerse a través de él. Entonces la ciencia hizo su aparición entre ellos. Cuando se volvieron malvados, empezaron a hablar de hermandad y de valores humanos, y entendieron esos conceptos. Cuando comenzaron a practicar el crimen, se inventaron la justicia y promulgaron códigos completos de leyes para preservarla, mientras que instalaban una guillotina para el mantenimiento de los códigos.

Sólo retenían el más leve recuerdo de lo que habían perdido y no sentían deseos de creer que una vez hubieran sido inocentes y felices. Se burlaron de la mera posibilidad de esta anterior felicidad suya y la calificaron de ensoñación. Ni siquiera podían imaginárselo con imágenes y formas, pero era extraño y maravilloso relatarlo, habiendo perdido toda credibilidad en su anterior felicidad, llamándolo un cuento de hadas, pero anhelaban tanto ser inocentes y felices una vez más, que, como niños, se postraban ante este deseo de su corazón, lo deificaban, construían templos y comenzaron a adorar su propia idea, su propio «deseo», y se inclinaban ante él con lágrimas de adoración en los ojos, mientras que al mismo tiempo descartaban por completo su viabilidad o la posibilidad de su realización. Sin embargo, si alguna vez hubiera sido posible que ellos pudieran volver al estado de feliz inocencia que habían perdido, y si alguien se lo hubiera vuelto a mostrar y les preguntara si querían volver a ese estado, ciertamente se habrían negado. Ellos me respondieron: «¿Y qué si somos mentirosos, malvados e injustos? Lo *sabemos* y lo deploramos, y nos atormentamos por ello, nos castigamos y torturamos a nosotros mismos, quizás incluso más que el misericordioso Juez que nos juzgará y cuyo nombre no conocemos. Pero tenemos nuestra ciencia y, a través de ella, una vez más buscaremos nuestra verdad, pero la aceptaremos conscientemente esta vez. El conocimiento es superior a la emoción, el conocimiento de la vida es superior a la vida. La ciencia nos dará sabiduría, la sabiduría revelará las leyes y el conocimiento de las leyes de la felicidad es felicidad... no, es superior a la felicidad». Así me hablaron y, después de esas palabras, todos ellos empezaron a quererse por encima de los demás, y no es que pudiera haber sido de otro modo. Cada uno se había vuelto tan celoso de su propia individualidad que intentaban con todas sus fuerzas humillar y menospreciar a los demás, convirtiéndolo en el objetivo de su vida. Surgió la esclavitud, incluso la esclavitud voluntaria: los débiles se subordinaban de buen grado a los más fuertes con la condición de que estos últimos los ayudaran a oprimir a aquellos que eran más débiles que ellos mismos. Aparecieron profetas que acudían a estas personas con lágrimas en los ojos y les hablaban de su orgullo, de su pérdida de proporción y armonía, de su abandono de la vergüenza. Se burlaban de ellos hasta el escarnio y los lapidaban. Sangre sagrada fue derramada en los umbrales de los templos. Al contrario de todo esto, apareció gente que comenzó a inventar formas de volver a juntar a los hombres, de modo que cada individuo, sin dejar de valorarse por encima de los demás, no boicoteara a los otros para que todos pudieran vivir juntos en armonía. Se libraban guerras por el bien de esta idea. Todos los beligerantes creían firmemente y al mismo tiempo que la ciencia, la sabiduría y el instinto de supervivencia finalmente forzarían a los hombres a unirse en una sociedad racional y armoniosa y, por lo tanto, para acelerar el proceso mientras eso sucedía, «los sabios» se esforzaban con total prontitud a destruir a «los no sabios» y a aquellos que no comprendieran su idea, de modo que no pudieran entorpecer su triunfo.

Pero el instinto de supervivencia rápidamente comenzó a debilitarse; aparecieron hombres arrogantes, así como hedonistas que exigían sin rodeos todo o nada. Para obtenerlo todo recurrían a las fechorías y, cuando eso no funcionaba, al suicidio. Surgieron religiones que predicaban el culto de la no existencia y del comportamiento autodestructivo por el bien del descanso eterno en la nada. Después de un tiempo, estas personas se cansaron de sus esfuerzos sin sentido; aparecieron en sus rostros las marcas del sufrimiento, y estas personas proclamaban que el sufrimiento era belleza porque el pensamiento sólo existía al sufrir. Dedicaban himnos al sufrimiento. Yo caminaba entre ellos, retorciéndome las manos y sollozando por ellos, aunque puede que los quisiera incluso más que antes, cuando sus rostros aún no habían desarrollado las señales del sufrimiento, cuando eran inocentes y tan hermosos. Llegué a amar la tierra que habían profanado todavía más que cuando había sido un paraíso, por la única razón de que la pena había aparecido sobre ella. ¡Ay! Yo siempre había apreciado el dolor y la pena, pero sólo para mí, para mí mismo; por ellos sollozaba de lástima. Alargué mis brazos hacia ellos en mi desesperación, acusando, maldiciendo y despreciándome a mí mismo. Les dije que yo había hecho todo eso, yo solo, que yo les había traído la corrupción, los contagios y las mentiras. Les supliqué que me crucificaran en una cruz y les enseñé a fabricar una. Yo no podía suicidarme, pues las fuerzas me fallaban, pero quería que ellos me torturasen, ansiaba el tormento, ansiaba que hasta la última gota de mi sangre se derramase durante mi agonía. Pero sólo se rieron de mí y, al final, comenzaron a verme como a un bobalicón sagrado. Buscaban excusas para mí, decían que habían recibido sólo lo que ellos habían deseado y que la presente situación había sido inevitable. Finalmente, declararon que yo me estaba convirtiendo en un peligro para ellos y que me encerrarían en un manicomio si no mantenía la boca cerrada. Al oír esto, la pena entró en mi alma con tal fuerza que mi corazón se encogió y pensé que moriría. Y entonces... bueno, entonces fue cuando me desperté.

* * *

Ya había amanecido; todavía no había luz, pero ya pasaba de las cinco de la mañana. Volví en mí en el mismo sillón, mi vela se había agotado, los visitantes del capitán estaban dormidos y reinaba un ex-

traño silencio en nuestra casa. Para empezar, me puse en pie dominado por la más absoluta perplejidad; nada como eso me había sucedido
nunca, incluyendo los detalles más nimios: nunca me había quedado
dormido en mi sillón, por ejemplo. Entonces, de repente, mientras permanecía allí de pie, recuperándome, de pronto vi mi revólver, preparado y cargado... ¡pero enseguida lo alejé de mí de un empujón! ¡Ah,
había vida, vida! Levanté los brazos e invoqué la verdad eterna; no la
pedí, sollocé. Éxtasis, un éxtasis infinito exaltaba todo mi ser. Sí, vida
y... ¡prédica! En ese preciso instante decidí predicar, naturalmente, durante toda mi vida. Saldría a predicar, quería predicar... ¿El qué? ¡La
verdad, porque la he visto, la he visto con mis propios ojos, la he visto
en toda su gloria!

Y así, desde ese momento en adelante, he estado predicando. Además, amo a los que se burlan de mí más que a todos los demás. ¿Por
qué? No lo sé y no puedo explicarlo, pero es así. Dicen que soy incoherente incluso ahora, refiriéndose a que, si es así ahora, ¿cómo será
más tarde? No es más que la verdad: resulto incoherente y quizá las
cosas empeoren. Y, por supuesto, perderé la noción más de una vez
antes de descubrir cómo predicar; es decir, antes de saber qué palabras
o acciones emplear, porque es algo harto difícil de conseguir. Me refiero a que puedo ver todo ahora tan claro como el día: ¿quién demonios no se encuentra confundido? Y aun así todos tienen el mismo fin
a la vista, y con eso quiero decir que todos se esfuerzan por conseguir
una y la misma cosa, todos, desde el sabio hasta el último ladrón; simplemente viajan por sendas diferentes. Es un viejo axioma, pero aquí
tienen algo nuevo: no puedo estar muy equivocado. Porque he visto la
verdad, la he visto y sé que la gente puede ser hermosa y feliz, y todo
ello sin perder la habilidad de vivir en la tierra. No aceptaré y rechazaré creer que la maldad es la condición normal de los hombres. Pero
todo lo que hacen es reírse de estas mis creencias. No obstante, ¿cómo
no voy a creer? He visto la verdad, mi mente no se la inventó, la vi, la
vi y su *imagen viva* ha llenado mi alma para siempre. La he visto en tal
completa plenitud que soy incapaz de creer que no pueda existir entre
los hombres. Entonces, ¿cómo puedo estar equivocado? Me desviaré,
por supuesto, más de una vez incluso, y quizá pronunciaré las palabras
de otros, pero no por mucho tiempo: la imagen viva de lo que he visto
siempre estará conmigo y siempre me corregirá y me guiará. Oh, estoy

dispuesto y alerta, y estoy en la senda, aunque necesite estarlo por mil años. ¿Saben? Al principio quise ocultar el hecho de que yo los había corrompido a todos, pero eso fue un error; ¡ahí tienen mi primer error! Pero la verdad me susurró que yo estaba mintiendo, me preservó y me enderezó. Pero ¿cómo construir el paraíso? No lo sé, porque no puedo expresarlo con palabras. Después del sueño he perdido las palabras, al menos todas las palabras principales, las más necesarias. Bueno, que así sea: estoy en la senda y seguiré hablando sin cesar porque, después de todo, lo vi con mis propios ojos, aun cuando no consiga verbalizar lo que he visto. Pero eso es lo que los que se mofan no pueden comprender. Dicen: «Ha estado soñando, está desvariando, sufre alucinaciones». Bueno, ¿y qué pasa con eso? ¡Y se sienten orgullosos de ellos mismos! ¿Sueño? ¿Qué es un sueño? ¿No es esta vida nuestra un sueño? Diré más: supongamos que nunca, jamás, se hace realidad y que no hay paraíso (eso sí que lo entiendo); pues bien, aún continuaré predicando. Pero sería tan sencillo: ¡en un día, *en una hora,* todo podría producirse, al instante! Lo principal es querer al prójimo como a uno mismo, eso es lo principal, y eso es todo... No se necesita absolutamente nada más y ustedes descubrirían de inmediato cómo generarlo. Y, aun así, es sólo un viejo axioma después de todo, una vieja verdad repetida y predicada miles de millones de veces, aunque cayó sobre terreno pedregoso, ¿verdad? El conocimiento de la vida es superior a la vida, el conocimiento de las leyes de la felicidad... ¡es superior a la felicidad! ¡Eso es contra lo que hay que luchar! Y lo haré. Ojalá todo el mundo lo deseara, pues podría ser generado de inmediato.

Y he encontrado a esa niña pequeña... ¡Y seguiré! ¡Vaya si seguiré!

EL SEÑOR PROKHARCHIN

Una historia

En el más oscuro y más modesto rincón del apartamento de Ustinya Fyodorovna vivía un hombre de edad avanzada, un abstemio de pensamiento decente que respondía al nombre de Semyon Ivanovich Prokharchin. Como el señor Prokharchin, quien tan sólo ocupaba una posición menor en el servicio, recibía un salario que era absolutamente proporcional a sus aptitudes profesionales, habría sido razonable que Ustinya Fyodorovna esperase más de él que los cinco rublos al mes que le pagaba como alquiler de su habitación. Algunas personas decían incluso que sus propias consideraciones privadas jugaban un papel en este acuerdo; no obstante, como para confundir a todos aquellos que murmuraban a sus espaldas, el señor Prokharchin se convirtió en el favorito de la buena mujer y esta distinción se interpretó con un sentido decente y honroso. Deberíamos observar que Ustinya Fyodorovna, una mujer muy estimada y de proporciones abundantes, que sentía un especial deleite por las comidas grasas y el café, y que soportaba los ayunos sólo con dificultad, albergaba en su casa a varios huéspedes que pagaban el doble de alquiler de lo que ella le cobraba a Semyon Ivanovich, puesto que eran, todos y cada uno de ellos, no del tipo callado sino, por el contrario, «malvados guasones» que se mofaban de sus esfuerzos femeninos y de su indefenso aislamiento, por lo que no los estimaba en demasía. De hecho, si no hubiera sido por el dinero que le pagaban a cambio de alojamiento, no solo se habría negado a dejarles vivir en su apartamento... ni siquiera les habría permitido acercarse a la puerta. Semyon Ivanovich había sido su favorito desde el día en el que un cierto individuo jubilado, o quizá fuera más preciso decir despedido, con debilidad por los licores fuertes había sido llevado al Cementerio Volkovo. Aunque el despedido y parcial caballero había ido por la vida con un permanente ojo morado, según sus propias palabras, recibido por su valentía y sólo había

89

podido usar una sola pierna, al haber perdido la otra de algún modo también asociado a la valentía, había sabido, empero, cómo ganarse y aprovecharse de todos los amables favores que Ustinya Fyodorovna había sido capaz de procurarle, y es probable que hubiera continuado viviendo como su más fiel mirmidón y parásito durante años sin fin de no ser porque finalmente se había excedido en su hábito como bebedor del modo más burdo y lamentable. Esto había sucedido allá en Peski, en una época cuando Ustinya Fyodorovna sólo había albergado a tres inquilinos, de los cuales, ahora que se había mudado a un nuevo apartamento donde todo se manejaba en una escala más grandiosa y acogía aproximadamente a una docena de inquilinos, el señor Prokharchin era el único que le quedaba.

Tanto si era que el señor Prokharchin poseía ciertas deficiencias inherentes o si se daba el caso de que todos y cada uno de sus compañeros huéspedes las poseían, las cosas no parecían transcurrir sin problemas para ninguna de las partes desde el principio. Observemos aquí que todos los nuevos inquilinos de Ustinya Fyodorovna se llevaban bien, como hermanos: algunos de ellos trabajaban en el mismo departamento; el primer día de cada mes, por turnos, todos ellos perdían sus salarios entre sí apostando al billar. Les gustaba pasar buenos momentos, todos juntos entre el gentío, disfrutando de los chispeantes momentos de la vida, como decían; a veces también les gustaba hablar sobre temas elevados y, aunque en última instancia esos asuntos rara vez acababan sin disputas, como los prejuicios estaban prohibidos en todo su grupo, el acuerdo mutuo era invariablemente conservado en tales ocasiones. El más notable de los huéspedes era Mark Ivanovich, un hombre inteligente y culto; luego un inquilino llamado Oplevaniyev; después, uno que se llamaba Prepolovenko, que también era un tipo bueno y modesto; a continuación un tal Zinovy Prokofyevich, que se había puesto como objetivo en la vida entrar en la alta sociedad; lo seguía el escribiente Okeanov, quien casi había conseguido arrebatarle el primer puesto como favorito a Semyon Ivanovich; otro escribiente de nombre Sudbin; el intelectual Kantarev, y varios otros más. Semyon Ivanovich, empero, no parecía ser uno de ellos. Para estar seguros, nadie le deseaba ningún mal a Prokharchin, especialmente desde que todos ellos, desde el principio, lo habían tratado con justicia y habían decidido, en palabras de Mark Ivanovich, que él, Prokharchin, era un tipo bueno y discreto, no un hombre de mundo, pero fiable y desprovisto de lisonjas. Era un hombre que no carecía de deficiencias, claro está, pero era un hombre que, si alguna vez sufriera, lo atribuiría nada más que a su propia falta de imaginación. Y eso tampoco era todo: al carecer de toda imaginación propia, el señor Prokharchin nunca podría haber esperado producir una impresión particularmente ventajosa en nadie con, por ejemplo, su aspecto o sus modales (el blanco favorito de aquellos que estaban prestos a burlarse de su persona) y, aun así, su aspecto no jugaba en su contra pues, igual que todo lo demás, era perfectamente normal. Y así, Mark Ivanovich, al ser un hombre inteligente, dirigió una defensa formal de Semyon Ivanovich, declarando con términos grandiosos y floridos que Prokharchin era un tipo respetable que se había despedido mucho tiempo atrás de las elegías de su juventud. Como consecuencia, si Semyon Ivanovich era incapaz de llevarse bien con los demás, debía de ser única y exclusivamente culpa suya.

Lo primero que llamó su atención fue, sin duda alguna, la tacañería y el excesivo ahorro de Semyon Ivanovich. Eso fue observado y anotado de inmediato, pues Semyon Ivanovich nunca, bajo ninguna circunstancia ni con ningún pretexto, le prestaría a nadie su tetera, ni siquiera por un breve espacio de tiempo; lo que hacía que esto fuera aún más injusto era el hecho de que él rara vez bebía té, pero, cuando surgía la necesidad, bebía una muy agradable infusión de flores silvestres y ciertas hierbas medicinales, de las cuales siempre guardaba una abundante provisión. También comía de un modo que era completamente diferente al del resto de los inquilinos. Por ejemplo, nunca se permitía consumir la totalidad de la cena proporcionada a diario por Ustinya Fyodorovna para sus huéspedes. La cena costaba medio rublo; Semyon Ivanovich sólo se gastaba veinticinco copecks de cobre y nunca nada más que esa cantidad, y así sólo tomaba una porción de sopa de col o una porción de ternera. Sin embargo, a menudo no tomaba ni la sopa ni la ternera, sino que se las arreglaba con varias rebanadas de pan blanco acompañado de cebolla, requesón, pepinillos o algún otro condimento, que eran mucho más baratos, y sólo volvía a su media cena cuando ya no podía seguir soportando tales alimentos...

Aquí el biógrafo debe confesar que, por nada en el mundo, se le habría metido en la cabeza hablar de tales detalles tan básicos, indignos y positivamente embarazosos, que algunos amantes del noble estilo pueden incluso encontrar ofensivo, si no fuera por el hecho de que estos detalles ilustran un rasgo particular, un rasgo central en el carácter del héroe de esta narración; pues el señor Prokharchin estaba lejos de ser tan pobre que no pudiera permitirse comer de un modo regular y adecuado, pero actuaba de un modo que sugería lo contrario, sin miedo a la deshonra o a los chismes comunes, simplemente para satisfacer sus peculiares caprichos por mezquindad y excesiva precaución: una situación que se volverá evidentemente más clara en el relato que sigue. Nos preocuparemos, empero, en no aburrir al lector con una descripción de todos los caprichos de Semyon Ivanovich y no sólo omitiremos, por ejemplo, la curiosa y, para el lector, tremendamente divertida descripción de su modo de vestir, sino que incluso, con la excepción del propio testimonio de Ustinya Fyodorovna al hecho de que era así, evitaremos mencionar que, a lo largo de toda su vida, Semyon Ivanovich no conseguía obligarse a enviar su ropa blanca a lavar o, si alguna vez lo hacía, sucedía tan rara vez que en los intervalos habría sido perfectamente posible olvidar la presencia de ropa blanca en Semyon Ivanovich. Por el testimonio de su casera, parecía que «Semyon Ivanovich, bendito sea, pobrecito, fue acumulando en su rincón, durante veinte años y sin sentir vergüenza, la ropa sucia, pues durante todos sus días de estancia en la tierra fue persistentemente ajeno a calcetines, pañuelos y otras prendas así». Ayudada por la decrepitud del biombo, Ustinya Fyodorovna había visto en realidad con sus propios ojos que «el pobrecito, a veces, no tenía nada con lo que cubrir su blanco cuerpecillo». Rumores de este tipo circularon tras la muerte de Semyon Ivanovich. Durante su vida, sin embargo, y aquí yace una de las principales fuentes de disensión, no podía soportar que nadie, ni siquiera con el más agradable de los pretextos de camaradería, metiera sus curiosas narices en su rincón sin que le pidieran permiso, aun cuando eso sólo sucedía porque el biombo estaba tan deteriorado. Era una persona totalmente intratable, un hombre de pocas palabras que no tenía tiempo para la cháchara intrascendente. No sentía aprecio por aquellos que ofrecían consejo y era despiadado con los advenedizos; reprendía a aquellos que se burlaban de él, y a los que trataban de darle consejos o los que se hacían notar justo en ese preciso instante los dejaba en evidencia y daba el asunto por zanjado. «Eres un insolente impertinente, un silbador ocioso... ¿Quién te crees que eres para ofrecerme consejo? Métete en tus asuntos, petimetre, eres impertinente y más te valdría poner los asuntos de tu hogar en orden, ¡eso es lo que debes hacer!». Semyon Ivanovich era un hombre directo y no tenía reparos en tutear a todo el mundo. Tampoco podía soportar que alguien, familiarizado con sus hábitos, comenzara a molestarlo por pura malicia y le preguntara qué guardaba en su baúl... Semyon Ivanovich poseía un pequeño baúl. Lo guardaba debajo de su cama y lo vigilaba como a la niña de sus ojos; aunque todos sabían que en realidad no contenía nada más que unos trapos viejos, dos o tres pares de gastadas botas y un montón de porquerías diversas, el señor Prokharchin confería un altísimo valor a esta propiedad suya y, en una ocasión, incluso se le oyó expresar insatisfacción por el viejo, aunque bastante robusto, candado del baúl y se le oyó decir que iba a conseguir otro, uno especial, de fabricación alemana, con diversos artilugios y un muelle secreto. Cuando un día Zinovy Prokofyevich, llevado por su astucia juvenil, expresó la absolutamente vulgar e indecente opinión de que era probable que Semyon Ivanovich estuviera escondiendo dinero en su baúl, y que lo escondía allí para dejárselo a sus descendientes, todos los presentes quedaron bastante estupefactos por las extraordinarias consecuencias de la inadecuada acción de Zinovy Prokofyevich. Para empezar, el señor Prokharchin tuvo que pensar por unos instantes antes de poder encontrar el lenguaje decente para describir una idea tan embarazosa y vulgar. Durante largo rato, palabras desprovistas de todo significado brotaron de sus labios, y fue solo gradualmente que pudo determinarse que, en primer lugar, Semyon Ivanovich estaba regañando a Zinovy Prokofyevich por algún suceso suyo de tacañería que había tenido lugar hacía mucho tiempo. A continuación pudo discernirse que Semyon Ivanovich parecía estar vaticinando que Zinovy Prokofyevich nunca conseguiría entrar en la alta sociedad y que el sastre al que le debía dinero por su ropa le daría una paliza... no, ciertamente le daría una paliza porque el mequetrefe estaba demorándose mucho en su pago, y que, finalmente, «Quieres ser cadete en el regimiento de los húsares, mequetrefe, pero no darás la talla, no resultará del modo que crees que sucederá y, cuando la administración lo sepa, serás degradado al rango de secretario. Eso es lo que te estoy diciendo, ¿me oyes, insolente petimetre?». Tras lo cual Semyon Ivanovich se calmó pero, como se había echado una siesta de cinco horas, para mayor sorpresa de todos, pareció recuperar las energías y, primero para sí antes de girarse hacia Zinovy Prokofyevich, comenzó a reprenderle de nuevo para dejarlo en evidencia. Pero la cuestión no acabó ahí y, por la noche, mientras Mark Ivanovich y el huésped Prepolovenko estaban preparando té e invitaron al escribiente Okeanov a compartirlo con ellos, Semyon Ivanovich abandonó su lecho y se unió a ellos con humor, contribuyendo con sus quince o veinte copecks, y, con el pretexto de que le había acometido una repentina sed y le apetecía una taza de té, comenzó a disertar largo y tendido sobre el tema, explicando que un hombre pobre era tan sólo eso, un hombre pobre y nada más, y que como hombre pobre no disponía de los medios para poder ahorrar. El señor Prokharchin incluso llegó a confesar, solo porque había salido el tema, que él, un hombre pobre, le había pedido hacía dos días a Zinovy Prokofyevich, un hombre insolente, que le prestara un rublo, pero que ahora no aceptaría tal préstamo por si acaso el insolente mequetrefe comenzara a darse aires, y que así eran las cosas, que su salario ni siquiera le llegaba para alimentarse. También les dijo que, finalmente, «como el pobre hombre que ven ante ustedes», le enviaba a su cuñada en Tver la suma de cinco rublos todos los meses, que si no lo hacía su cuñada moriría, y que si su dependiente cuñada hubiera muerto, entonces él, Semyon Ivanovich, hacía mucho que se habría comprado ropa nueva... Y con tanto detalle se explayó Semyon Ivanovich sobre el tema del hombre pobre, sus rublos y su cuñada, repitiendo lo mismo una y otra vez para dejar la más fuerte impresión posible en sus oyentes, que al final perdió el hilo por completo, quedó en silencio, y sólo tres días más tarde, cuando ya nadie pensaba en meterse con él y todos se habían olvidado de su persona, añadió como conclusión algo referente a que cuando Zinovy Prokofyevich entrara en los húsares, le cortarían una pierna en la guerra y le colocarían una pierna de madera en su lugar, y entonces Zinovy Prokofyevich acudiría a él para decirle, «Deme algo de pan, Semyon Ivanovich, usted que es un buen hombre», pero que Semyon Ivanovich se negaría a darle pan a Zinovy Prokofyevich, que ni siquiera miraría al ingobernable tunante y que le diría que se fuera al infierno.

Todo esto, como uno bien podría suponer, provocó mucha curiosidad además de una terrible cantidad de hilaridad. Sin perder demasiado tiempo en ello, todos los huéspedes de pago de la casera unieron fuerzas para proseguir con las pesquisas y, tan sólo por pura curiosidad, decidieron, de una vez por todas, acorralar a Semyon Ivanovich en grupo. Y como últimamente el señor Prokharchin (es decir, desde el día en el que se mudó con ellos) también se había sentido muy ansioso por saberlo todo sobre ellos y les había hecho preguntas indiscretas, algo que hacía por razones que, sin duda, eran privadas y suyas, una relación mutua se había establecido entre los dos grupos en contienda, una que no requería de esfuerzo preliminar alguno, sino que pareció surgir de forma natural y como por azar. Para establecer tales relaciones, Semyon Ivanovich siempre tenía disponible una maniobra especial, bastante astuta y tremendamente elaborada que, en parte, ya le resultará familiar al lector: abandonaba su cama cuando se acercaba la hora del té vespertino y, si veía que los demás se reunían en cualquier lugar para preparar la bebida, se les acercaba como una suerte de persona inteligente y amable, contribuía con sus veinte copecks y declaraba que deseaba unirse a su compañía. En ese momento los jóvenes intercambiaban guiños y, al haberse indicado así entre ellos su conspiración contra Semyon Ivanovich, comenzaban una conversación que inicialmente era decorosa y adecuada. Entonces uno de ellos comenzaría de forma ingeniosa, como si fuera lo más natural del mundo, a relatar varias noticias que casi siempre contenían datos ficticios y totalmente improbables. Así, por ejemplo, podía decir que alguien había oído a Su Excelencia decirle ese día a Demid Vasilyevich que, en su opinión, los funcionarios casados eran más fiables que los solteros y más adecuados para un ascenso puesto que eran callados y sus aptitudes se habían visto considerablemente mejoradas por el matrimonio. Y por esa razón él, el orador, deseando distinguirse y añadir a su importancia, se estaba esforzando por unirse en matrimonio tan pronto como le fuera posible con una tal Fevronya Prokofyevna. O podría, por ejemplo, decir que se había señalado más de una vez que diversos miembros de su fraternidad carecían por completo de una buena educación y de modales correctos y agradables, y que, por lo tanto, era improbable que tuvieran ningún atractivo en compañía de las damas, y que, por esa razón, para erradicar el mencionado abuso, se les realizaría una reducción en sus salarios de inmediato, y la corporativa suma así obtenida sería usada para la renovación de un salón donde recibirían lecciones de baile y se les permitiría adquirir todos los rasgos de nobleza y buena etiqueta: educación, respeto por sus mayores, fortaleza de carácter, bondad y apreciación de corazón, así como diversos aires y gracias agradables. O también podría decir que había un plan en marcha para conseguir que algunos de los funcionarios, empezando por los más veteranos, pasaran por algún tipo de examen en todos los temas, diseñado para mejorar su nivel de educación, como consecuencia de lo cual, el orador añadiría, las ovejas serían separadas de las cabras y varios caballeros tendrían que mostrar sus cartas. En resumen, se exponían miles de los más absurdos rumores pertenecientes a cualquier tema. Para mantener la impresión, de inmediato todos fingían creer la historia; para ello mostraban gran interés en el relato, hacían preguntas, consideraban cómo se aplicaría a ellos mismos. Algunos adoptaban expresiones apenadas, comenzaban a sacudir sus cabezas y buscaban consejo a diestro y siniestro, como se suele decir: ¿qué debo hacer si me descubren? Apenas se necesita añadir que incluso un hombre de naturaleza menos gentil y bondadosa que el señor Prokharchin se habría sentido confundido y enredado en semejante maraña de rumores. Además, de todas las pruebas podía concluirse sin lugar a dudas que Semyon Ivanovich era completamente insensible a cualquier idea desconocida para su inteligencia y que, por ejemplo, al haber recibido todas las noticias, invariablemente se sentía impelido a rumiarlas y digerirlas, a buscar su significado para, al fin, tras un proceso de prueba y error, dominarlas de un modo tan concienzudo y peculiar que era muy especial para él mismo... Así fue como Semyon Ivanovich comenzó de repente a revelar gran cantidad de curiosas cualidades que, hasta la fecha, nadie sospechaba que poseyera. La cháchara y los rumores se sucedieron, y todo el asunto finalmente encontró el camino, con adecuadas florituras, hasta la oficina donde los funcionarios emprendían sus labores. El efecto conseguido resultó mucho más intenso por el hecho de que el señor Prokharchin, que siempre había tenido más o menos el mismo aspecto desde que todos podían recordar, de repente cambió su fisionomía: sus rasgos se volvieron inquietos, su mirada temerosa, tímida y ligeramente suspicaz; comenzó a pasearse con delicadeza, sobresaltado y aguzando el oído. Para completar sus recién adquiridas cualidades, desarrolló una pasión positivamente feroz por la verdad. Al final, llevó este amor por la verdad tan lejos que incluso dio el arriesgado paso de desafiar él mismo a Demid Vasilyevich en cuanto a la credibilidad de las noticias que habían llegado a sus oídos por docenas cada día, y si permanecemos en silencio aquí sobre las consecuencias de esta singular acción por parte de Semyon Ivanovich no es más que por la sencilla razón de que sentíamos una sincera preocupación por su reputación. En vista de todo esto, se decidió que era un misántropo que despreciaba las convenciones de la sociedad decente. Por consiguiente, también se decidió que había mucho en su persona que era fantasioso, una percepción de ningún modo incorrecta, ya que se observó repetidas veces que Semyon Ivanovich a veces se olvidaba por completo de sí mismo: sentado ante su escritorio con la boca abierta y su pluma levantada en el aire, con aspecto de haber quedado congelado o de haberse convertido en piedra, antes se parecía a la sombra de un ser racional que a un ser racional propiamente dicho. No con poca frecuencia sucedía que algún caballero que miraba de forma inocente, al encontrarse de repente con su fugitiva, débil e inquisitiva mirada, se ponía a temblar, perdía el valor y de inmediato emborronaba un documento de la mayor prioridad o insertaba alguna palabra que no era prioritaria en absoluto. La falta de decoro del comportamiento de Semyon Ivanovich avergonzaba y ofendía a personas de una verdadera disposición honrada... Lo que finalmente despejó toda duda sobre la naturaleza fantasiosa de la mente de Semyon Ivanovich fue la llegada a la oficina, una mañana, del rumor de que el señor Prokharchin incluso había asustado a Demid Vasilyevich, pues, al encontrárselo en el pasillo, había actuado de un modo tan peculiar y extraño que se había visto obligado a retirarse... Finalmente, las fechorías de Semyon Ivanovich llegaron a sus propios oídos. Al saberlo, se puso en pie al instante, se abrió camino con cuidado entre los escritorios y las sillas, llegó al vestíbulo, tomó su abrigo, se lo puso, salió... y desapareció durante un período indefinido de tiempo. No sabemos si se asustó o si había actuado bajo la instigación de algún otro influjo... pero durante un tiempo no se le pudo encontrar ni en casa ni en la oficina...

No intentaremos explicar el destino de Semyon Ivanovich simplemente como resultado de su disposición fantasiosa; por otro lado, empero, no podemos evitar comentarle al lector que nuestro héroe era un individuo ingenuo y bastante sumiso quien, hasta el día en el que se unió al grupo de sus compañeros huéspedes, había vivido en oscura e impenetrable soledad y se había distinguido por su tranquilidad e incluso por un cierto aire de misterio, pues se había pasado la totalidad del tiempo que había vivido en Peski tumbado en su cama tras el biombo, sin decir palabra y sin comunicarse jamás con nadie. Sus dos anteriores compañeros de habitación habían vivido exactamente del mismo modo que él: ellos también eran individuos algo misteriosos y también habían pasado quince años tumbados detrás de sus biombos. En la calma patriarcal, los felices y soñolientos días habían pasado uno tras otro, y como todo a su alrededor también había seguido un desarrollo tranquilo y pausado, ni Semyon Ivanovich ni Ustinya Fyodorovna podían recordar con exactitud cuándo los había unido el destino. «Oh, deben de haber pasado diez años ya... no, quince... no, veinticinco —les decía a veces a sus nuevos inquilinos—, desde que se instaló conmigo, pobrecito, bendita sea su alma». Y así era perfectamente natural que el héroe de nuestro cuento, no acostumbrado a la compañía, se hubiera visto desagradablemente sorprendido cuando, sólo un año antes, de repente se había encontrado él, un hombre formal y modesto, en medio de un ruidoso e inquieto grupo de una docena de jóvenes, sus nuevos compañeros de habitación y acompañantes.

La desaparición de Semyon Ivanovich provocó toda suerte de revuelo en la pensión. Para empezar, era el inquilino favorito; luego estaba el hecho de que su pasaporte, que había sido entregado a la casera para su custodia, parecía haber desaparecido por accidente por aquella época. Ustinya Fyodorovna soltó un lamento, un recurso al que recurría en todo momento de crisis. Durante dos días regañó a sus huéspedes y los cubría de improperios; se lamentaba porque hubieran ahuyentado a su huésped como si de un pollo se tratara, y que «todos esos malvados bromistas» habían sido su ruina. Al tercer día los echó a todos de la casa y los envió a buscar al fugitivo para traerlo de vuelta a casa a cualquier precio, vivo o muerto. Por la noche, el primer escribiente Sudbin regresó para decir que habían encontrado el rastro, que había visto al fugitivo en el mercado Tolkuchy y en otros lugares, que lo había seguido y se había colocado cerca de él, pero que no se había atrevido a hablarle aun cuando había estado a su lado entre una multitud de personas que miraban una casa incendiada en el callejón Krivoy. Media hora más tarde, Okeanov y el intelectual Kantarev aparecieron y confirmaron lo que Sudbin había dicho palabra por palabra; ellos también habían estado cerca de Semyon Ivanovich, habían pasado junto a él, a sólo diez pasos de distancia, pero tampoco se habían atrevido a hablarle. Ambos comentaron que se le había visto en compañía de un mendigo borracho. Finalmente, los demás huéspedes también aparecieron y, tras escuchar a los demás con atención, decidieron que Prokharchin no podía andar lejos y que aparecería pronto; dijeron, sin embargo, que todos habían sabido que iba por ahí con un mendigo borracho. El mendigo borracho era un personaje absolutamente desagradable, rebelde y zalamero, y parecía bastante obvio que Semyon Ivanovich, de algún modo, se había sentido atraído por él. Había aparecido, junto con su mutuo amigo Remnev, justo una semana antes de que Semyon Ivanovich desapareciera, se había quedado por los aposentos del apartamento durante un breve tiempo mientras gorroneaba a la gente, decía que estaba sufriendo por el bien de la verdad, que anteriormente había sido funcionario en los distritos de la periferia, que un inspector general la había tomado con ellos, que él y sus acompañantes habían sido despedidos sólo por decir la verdad, que había venido a San Petersburgo y había caído a los pies de Porfiry Grigoryevich, que tras la intercesión de Porfiry Grigoryevich había encontrado un lugar en una cierta oficina, pero que, por el más cruel golpe de mala suerte, también había sido despedido de tal posición, pues la oficina había cerrado como resultado de ciertas modificaciones, que no había sido aceptado en la nueva y revisada remesa de funcionarios, tanto por su pura incompetencia en el trabajo implicado como por su competencia en cuanto a otros asuntos completamente irrelevantes... y, además de todo eso, por su amor a la verdad y por las maquinaciones de sus enemigos. Cuando hubo acabado su historia, durante la narración de la cual el señor Zimoveykin abrazó y besó varias veces a su hosco amigo Remnev, quien estaba sin afeitar, se inclinó a los pies de cada una de las personas en la habitación, sin olvidarse de Avdotya, la sirvienta, los llamó sus benefactores y explicó que él era un hombre indigno, importuno, vulgar, rebelde y estúpido, y que las buenas personas no deberían juzgar su miserable suerte y naturaleza simple con demasiada severidad. Habiendo así solicitado el favor de sus oyentes, el señor Zimoveykin se reveló como un tipo jovial, se transformó en el alma de la alegría, besó las manos de Ustinya Fyodorovna, a pesar de sus modestas protestas de que sus manos eran comunes y no refinadas, y conforme caía la noche prometió demostrar su talento ante toda la compañía con una impresionante *danse caractéristique*. Al día siguiente, sin embargo, su acto concluyó con un triste desenlace. Tanto si fue porque su baile había tenido demasiado carácter o porque Ustinya Fyodorovna, para usar sus propias palabras, había sentido que él la había avergonzado y ridiculizado, mientras que ella era «amistosa con Yaroslav Ilyich» y podría, si ella hubiera querido, haberse convertido mucho tiempo atrás en «la esposa de un oficial superior»... cualquiera que fuera la razón, Zimoveykin tuvo que largarse de la casa. Se había marchado, había vuelto, resultó ignominiosamente echado una segunda vez, luego se insinuó y le cayó en gracia a Semyon Ivanovich, para de paso robarle sus pantalones nuevos, y ahora finalmente había aparecido como el tentador de Semyon Ivanovich.

Tan pronto como la casera se aseguró de que Semyon Ivanovich estaba vivo y sano, y que ya no había necesidad de andar en busca de su pasaporte, de inmediato dejó de angustiarse y comenzó a calmarse. Al mismo tiempo, algunos de los huéspedes decidieron prepararle al fugitivo una bienvenida digna de la realeza: rompieron el cerrojo y retiraron el biombo de alrededor de la cama del hijo pródigo, arrugaron un poco sus sábanas, sacaron el famoso baúl y lo depositaron a los pies de la cama, y en la cama dispusieron una efigie de la cuñada del señor Prokharchin fabricada a partir de uno de los viejos chales de la casera, una gorra y un abrigo, una efigie tan realista que cualquiera podría haberse engañado fácilmente. Cuando hubieron completado su trabajo, se dispusieron a esperar el regreso de Semyon Ivanovich, con la intención de decirle que su cuñada había llegado desde Tver y que se había instalado detrás de su biombo, pobre mujer. Pero esperaron y esperaron... Mientras esperaban, Mark Ivanovich consiguió apostar y perder el salario de medio mes contra los huéspedes Prepolovenko y Kantarev; la nariz de Okeanov se volvió roja e hinchada a consecuencia de sus juegos de cartas; Avdotya, la sirvienta, durmió el equivalente a una noche entera y se levantó dos veces para llevar leña y lumbre a la estufa; y Zinovy Prokofyevich, que continuaba saliendo al patio a cada minuto o así para ver si Semyon Ivanovich llegaba, quedó calado hasta los huesos... Pero nadie apareció, ni Semyon Ivanovich ni el mendigo borracho. Al final se fueron todos a la cama, dejando la efigie de la cuñada detrás del biombo del señor Prokharchin por si acaso apareciera; no fue hasta las cuatro de la mañana cuando llamaron a la puerta principal, con tanto ímpetu que compensó por completo a los residentes que esperaban por todo el arduo esfuerzo que habían acometido. Era él, nadie más que él en persona, Semyon Ivanovich, el señor Prokharchin, sólo que en tales condiciones que todos soltaron una fuerte exclamación y ninguno de ellos dedicó un solo pensamiento a la cuñada. El hijo pródigo había vuelto inconsciente. Lo traía, o más bien lo acarreaba sobre sus hombros, un empapado y tembloroso cochero. Como respuesta a la pregunta de la casera sobre el lugar en el que el pobre desgraciado se había emborrachado hasta esos extremos, el cochero respondió: «No está borracho, no ha bebido ni una gota, y eso puedo decírselo de buena tinta; es probable que se haya desmayado, o que lo hayan golpeado con algo, o quizás ha sufrido una apoplejía». Se dispusieron a examinar al culpable; lo apoyaron contra la estufa para su conveniencia y vieron que no era un caso de embriaguez ni de apoplejía, sino de algún otro trastorno, pues Semyon Ivanovich no podía mover la lengua y parecía estar sufriendo alguna clase de convulsiones. Todo lo que conseguía hacer era clavar una vacía mirada de desconcierto primero en uno, luego en otro de sus espectadores ataviados con su ropa nocturna. Entonces comenzaron a preguntarle al cochero dónde había recogido al señor Prokharchin. «Bueno, él estaba con unos tipos de Kolomna —respondió—. El demonio sabrá quiénes eran, pues no eran lo que ustedes podrían llamar caballeros, sino hombres alegres que estaban pasándoselo bien. Él ya estaba así cuando me lo entregaron. No sé, quizá tuvieron una pelea o puede que le diera un ataque... Dios sabe qué habrá pasado, ¡pero eran caballeros alegres y decentes!». Semyon Ivanovich fue levantado sobre un par de robustos hombros y llevado hasta su cama. Mientras se incorporaba él mismo en ella, sintió la efigie de su cuñada junto a él y apoyó los pies contra su adorado baúl. Soltó un alarido a todo pulmón, se incorporó hasta casi adoptar una posición en cuclillas y, temblando estremecido, limpió y despejó con sus manos tanto espacio en su cama como pudo; al hacerlo examinaba a todos los presentes con una mirada parpadeante pero extrañamente decidida. Parecía estar diciéndoles que preferiría morir antes que cederle a nadie ni una centésima parte de sus magras pertenencias...

Durante dos o tres días, Semyon Ivanovich yació firmemente protegido detrás de su biombo, desconectado así del ancho mundo y de toda su vana conmoción. Como podría esperarse, a la mañana siguiente todos se habían olvidado de él y, mientras tanto, el tiempo pasó de su forma habitual, hora tras hora y día tras día. Con la cabeza ardiente y pesada por la fiebre, el enfermo yacía en un estado que podía calificarse de mitad sueño y mitad delirio; pero yacía callado, sin quejarse ni gemir. De hecho, se mantuvo muy quieto, no producía sonidos ni realizaba esfuerzos, aplanándose contra la cama del mismo modo en el que una liebre se agacha sobre el terreno aterrorizada por los sonidos de la cacería. De vez en cuando un largo y melancólico silencio reinaba en el apartamento, una señal de que todos los huéspedes se habían ido a trabajar, y entonces Semyon Ivanovich despertaba de su duermevela y podía aliviar su angustiado estado mental escuchando los sonidos de la cocina cercana, donde la casera se afanaba, o los zapatazos regulares de los gastados zapatos de Avdotya, la sirvienta, mientras recorría todas las habitaciones, suspirando y gruñendo, ordenando, limpiando y desempolvando todos los rincones por mor de mantener el orden. De ese modo pasaban horas completas, soporíferas, indolentes, soñolientas, tediosas horas como el agua que goteaba regular y reverberante desde la bancada hasta el fregadero de la cocina. Al fin los huéspedes regresarían, solos o en grupos, y Semyon Ivanovich los oía sin impedimento alguno maldecir el tiempo y decir lo hambrientos que se sentían, y luego formaban alboroto mientras fumaban, eran sociables los unos con los otros, jugaban a las cartas y hacían tintinear las tazas cuando se preparaban para tomar el té. Semyon Ivanovich hacía el esfuerzo mecánico de levantarse y unirse a ellos con su particular modo inmutable para la preparación de la bebida, pero de inmediato volvía a quedarse dormido y soñaba que ya se había pasado mucho tiempo sentado a la mesa del té, charlando y tomando parte en la conversación, y que Zinovy Prokofyevich había aprovechado la oportunidad para sacar a colación el tema de un cierto proyecto que tenía que ver con las cuñadas y con la actitud moral de ciertos buenos hombres para con ellas. Ahí Semyon Ivanovich se había apresurado a defenderse y replicar de forma debida, pero la imponente frase formal «se ha observado en varias ocasiones» que surgía de todas las lenguas puso fin a sus objeciones de un modo nada incierto, y Semyon Ivanovich no podía pensar en nada más que en volver a soñar de nuevo que hoy era el primer día del mes y que era el día de pago de sus rublos de plata en la oficina en la que trabajaba. Al abrir el sobre en la escalera, echó un rápido vistazo a su alrededor, contó deprisa la mitad de su merecido salario y escondió el dinero en su bota. Entonces, aún en las escaleras y sin tener en cuenta el hecho de que en realidad estaba haciendo todo eso en la cama, dormido, decidió que, cuando llegara a casa, le entregaría de inmediato a su casera el dinero que le debía por su manutención y alojamiento, luego compraría varios artículos de necesidad y demostraría a aquellos interesados, de un modo casual y supuestamente accidental, que le habían aplicado una reducción a su salario y que ahora no le quedaba nada para enviarle a su cuñada; a eso le añadiría al instante la resolución de sentir lástima por su cuñada, de hablar mucho sobre ella al día siguiente y el día después de ese, así como aludir a su pobreza de nuevo al cabo de diez días para que sus colegas no se olvidasen. Habiendo tomado esa decisión, vio que Andrey Yefimovich, el bajito, eternamente silencioso, calvo hombrecillo que tenía su escritorio en la oficina tres salas más allá de donde Semyon Ivanovich tenía el suyo y que no le había dirigido la palabra durante los últimos veinte años, se encontraba cerca de él en la escalera y también estaba contando sus rublos de plata. «¡Dinero! —le dijo Andrey Yefimovich con una sacudida de cabeza—. Si no hay dinero, no hay comida», añadió con tono sombrío mientras descendía por las escaleras. En la puerta, a modo de conclusión, dijo: «Tengo siete hijos, señor». Aquí el hombrecillo calvo, que sin lugar a dudas era perfectamente ignorante de que estaba actuando como una aparición y no como parte de la realidad consciente, bajó una mano hasta llegar a un punto a unos dos pies y medio por encima del suelo y, sacudiéndola en línea descendiente, musitó que el mayor asistía al liceo; entonces, lanzando una mirada de indignación hacia Semyon Ivanovich, como si el señor Prokharchin fuera responsable del hecho de que «tuviera siete», Andrey Yefimovich se caló el sombrero sobre la frente, se sacudió el abrigo, giró a la izquierda y se marchó. Semyon Ivanovich había recibido un susto considerable, y aunque estaba bastante seguro de su inocencia con respecto a la desafortunada concurrencia de siete hijos bajo el mismo techo, al final le pareció que se daba el caso de que Semyon Ivanovich, de hecho, tenía la culpa. Dominado por un repentino miedo comenzó a correr, pues el calvo caballero parecía estar regresando para atraparlo, con la intención de registrarlo y arrebatarle todo su salario para apoyar su demanda con referencia al inalienable número siete y rechazar con firmeza las consideraciones hacia cualquier cuñada que Semyon Ivanovich pudiera albergar. El señor Prokharchin corrió y corrió, jadeando sin aliento... A su lado corrían otros funcionarios, en gran multitud, y todos iban tintineando con sus salarios en los bolsillos traseros de sus levitas, que eran cortas y demasiado ajustadas; al final, toda una multitud de personas llegó corriendo, se oía el estruendo de las alarmas de incendios y grandes oleadas de humanidad lo acarrearon sobre sus hombros hasta el mismísimo incendio que había presenciado junto con el mendigo borracho. El borracho, también conocido como señor Zimoveykin, demostró encontrarse ya en el lugar, saludó a Semyon Ivanovich en un terrible estado de agitación, lo agarró del brazo y lo llevó hasta el meollo de la muchedumbre. Justo como había sucedido antes en la realidad consciente, a su alrededor clamaba y abucheaba un vasto mar de gente que estaba contenido entre los dos puentes del muelle del Fontanka y que también abarrotaba todas las calles y callejones circundantes; igual que antes, Semyon Ivanovich y el borracho fueron arrastrados detrás de una especie de valla, donde la muchedumbre los mantuvo atrapados como con unas tenazas, en un enorme aserradero lleno de espectadores que habían llegado desde las calles, desde el mercado Tolkuchy y de todas las casas de alrededor, posadas y cafés. Semyon Ivanovich lo contempló todo como lo había hecho antes, y con las mismas emociones; en el torbellino de fiebre y delirio ciertos rostros extraños comenzaron a parpadear ante sus ojos. Recordaba algunos de esos rostros. Uno de ellos pertenecía al mismísimo caballero que había causado tal impresión en todo el mundo, con más de dos metros de altura y patillas de casi sesenta centímetros de largo, quien, durante el incendio de verdad, se había erguido detrás de Semyon Ivanovich y lo había animado cuando nuestro héroe, poseído por algo parecido al éxtasis, había dado zapatazos con sus piececillos como para aplaudir de ese modo el trabajo del gallardo cuerpo de bomberos, del cual tenía una vista excelente desde su elevada posición ventajosa. Otro era el rostro del fornido tipo de quien nuestro héroe había recibido un puñetazo enmascarado como un viaje a otra valla, cuando casi había estado a punto de trepar sobre la primera, posiblemente para salvar a alguien. También vislumbró la figura del anciano con cara de sufrir hemorroides, vestido con un raído camisón de algodón acolchado atado a su cintura con algo, quien, antes de que se produjera el incendio, se había escabullido hacia la tienda de la esquina en busca de biscotes y tabaco para su inquilino y ahora, aferrado a una lechera de un cuarto de galón, se esforzaba por abrirse camino entre la multitud hacia la casa donde su esposa, su hija y treinta rublos y medio escondidos bajo el colchón de plumas estaban ardiendo. Sin embargo, lo que vio con más claridad fue a la pobre mujer pecadora con quien ya había soñado más de una vez durante el trascurso de su enfermedad. Se le aparecía ahora como lo había hecho entonces, con zapatos de esparto, sujetando una muleta, con un cesto de mimbre a la espalda y la ropa hecha jirones. Ella gritaba más fuerte que los bomberos y la muchedumbre, blandiendo su muleta y sacudiendo los brazos, diciéndole a todo el mundo que sus propios hijos la habían echado de casa y que había perdido dos monedas de cinco copecks en el proceso. Los hijos y cinco copecks, cinco copecks y los hijos... Las palabras daban vueltas por su lengua en un chapurreo incierto e ininteligible al cual todos le habían dado la espalda tras infructuosos esfuerzos por comprenderlo; pero la mujer no bajó la voz y siguió gritando, gesticulando y sacudiendo los brazos, al parecer sin prestar atención al fuego, hacia el cual se había visto arrastrada junto con la muchedumbre de las calles, ni a la turba que la rodeaba por todos lados, ni a la desgracia de los demás, ni siquiera a los ardientes hierros y chispas que ya estaban empezando a caer sobre los viandantes. Finalmente, el señor Prokharchin sintió que le sobrevenía un ataque de pánico, pues podía ver claramente que existía algún designio oculto detrás de todo esto y que no iba a salir ileso. Y en efecto, allí, no muy lejos de él, trepando por los montones de madera, había una especie de mujik vestido con un abrigo de tela desgarrada y sin cinturón, con el pelo y la barba chamuscados, que comenzó a incitar a toda la vasta multitud contra Semyon Ivanovich. La muchedumbre se volvió cada vez más densa, el mujik continuó gritando y, paralizado por el terror, el señor Prokharchin de repente se percató de que el mujik era un cochero al cual, sólo cinco días antes, había engañado del modo más inhumano, escabulléndose sin pagarle la carrera, colándose por una entrada lateral y corriendo como si estuviera pisando carbones encendidos. El desesperado señor Prokharchin trató de hablar, de gritar, pero la voz le falló. Sentía a toda la enfurecida turba enrollándose a su alrededor cual serpiente multicolor, aplastándolo y asfixiándolo. Hizo un último y extraordinario esfuerzo... y se despertó. Entonces vio que estaba ardiendo, que sus biombos estaban ardiendo, que todo el apartamento estaba ardiendo, junto con Ustinya Fyodorovna y todos sus huéspedes de pago, que su cama, su almohada, su colcha, su baúl y, finalmente, su preciado colchón... todo estaba envuelto en llamas. Semyon Ivanovich se levantó de un salto, agarró su colchón y huyó arrastrándolo tras él. Pero cuando nuestro héroe entró en la habitación de la casera, hacia la cual había corrido tal y como estaba, sin una pizca de decencia, descalzo y con su camisón, los huéspedes lo interceptaron, inmovilizaron sus brazos y lo acarrearon triunfantes de vuelta tras su biombo, el cual, dicho sea de paso, no estaba ardiendo en absoluto pues el incendio se encontraba dentro de la cabeza de Semyon Ivanovich, y lo metieron en la cama. De igual modo que un organillero harapiento, hosco y sin afeitar, guardaría en su baúl de viaje a su Polichinela, el cual se hubiera entregado a peleas, hubiera golpeado y destrozado a todos los demás, hubiera vendido su alma al diablo y, finalmente, hubiera dejado de existir hasta la próxima función enfundado en el mismo baúl que los personajes del diablo, los moros, Petrushka, la señorita Katerina y su afortunado amante, el capitán de la Policía del distrito.

Todos, jóvenes y viejos por igual, de inmediato rodearon a Semyon Ivanovich, situándose a cada lado de su cama y mirando al enfermo con rostros llenos de expectación. Mientras tanto había recuperado la conciencia pero, bien por vergüenza o por alguna otra razón, de repente comenzó a tirar de la colcha con todas sus fuerzas para cubrirse, sin duda porque deseaba ocultarse de toda la atención de los que lo compadecían. Al fin, Mark Ivanovich rompió el silencio y, siendo como era un hombre inteligente, comenzó a decir con mucha delicadeza que Semyon Ivanovich debía calmarse, que estar enfermo era una vergüenza y una desgracia, que sólo los niños pequeños se comportaban de ese modo, que debía recuperarse y volver a la oficina. Mark Ivanovich remató sus comentarios con un chistecillo que venía a decir que todavía no se había establecido ningún salario fijo para los funcionarios enfermos y que, como estaba bastante seguro de saber que su rango sería muy bajo, en su opinión al menos tal profesión o carrera no le proporcionaría grandes o materiales ventajas. En una palabra, quedaba claro que todo el mundo se interesaba de un modo genuino por el destino de Semyon Ivanovich y que todos sentían gran compasión por él. Con incomprensible grosería, no obstante, continuó tumbado en la cama, se negó a proferir palabra y se cubrió aún más con la colcha como un crío petulante. Pero Mark Ivanovich no admitía la derrota y, dominando sus emociones, volvió a decirle algo muy almibarado a Semyon Ivanovich, seguro de que así era como uno debía comportarse con un hombre que estaba enfermo; pero Semyon Ivanovich no quería saber nada de todo eso y más bien musitó algo entre dientes con una mirada que reflejaba mucho más que desconfianza. De repente comenzó a mirar con ojos entornados y mirada hosca de izquierda a derecha, al parecer deseando reducir a cenizas a todos los que lo compadecían tan sólo con su mirada. De nada servía andarse con rodeos; Mark Ivanovich no pudo contenerse más. Al observar que el hombre simplemente había decidido ser terco, se sintió ofendido y perdió los nervios por completo, de modo que ahora declaró con brusquedad y sin circunloquios azucarados que ya era hora de que el señor Prokharchin se levantara, que ya llevaba ahí tumbado mucho tiempo, con sus constantes gritos día y noche sobre incendios, cuñadas, borrachos, candados, baúles y otras estupideces indecorosas y ofensivas que sólo el diablo sabría, que si Semyon Ivanovich no quería dormir, los demás sí querían hacerlo y que hiciera el favor de tomar nota de todo ello. Este discurso surtió efecto; Semyon Ivanovich, al punto, se giró en dirección al orador y dijo con voz que, aunque firme, no era menos ronca y débil: «¡Sujeta tu lengua, impertinente! ¡Eres un parlanchín ocioso, un tipo grosero! ¿Lo oyes, canalla? Te crees un príncipe, ¿eh? ¿Lo oyes?». Ante el sonido de tales palabras, Mark Ivanovich entró en cólera pero, recordando que estaba tratando con un hombre enfermo, rechazó con magnanimidad ofenderse e intentó hacer que el señor Prokharchin sintiera vergüenza de sí mismo; no obstante, esos esfuerzos suyos también se vieron interrumpidos, pues Semyon Ivanovich de inmediato comentó que no permitiría que Mark Ivanovich lo tratara a la ligera, por mucho que Mark Ivanovich escribiera poesía. Se sucedió un silencio que duró dos minutos completos. Al fin, tras recuperarse de su asombro, Mark Ivanovich declaró simple y llanamente, sin mucha elocuencia, aunque no sin firmeza, que Semyon Ivanovich debía tener en cuenta que se encontraba entre hombres de buena cuna y que «querido señor, debe aprender a conducirse en presencia de personas de buena cuna». En ocasiones, Mark Ivanovich era capaz de hablar con florituras oratorias y le gustaba causar impresión entre sus oyentes. Por su parte, sin duda como resultado de su habitual costumbre de guardar silencio, Semyon Ivanovich hablaba y actuaba de un modo bastante más brusco; además, cuando, por ejemplo, tenía ocasión de embarcarse en una frase larga, cuanto más progresaba, más cada palabra parecía dar pie a otra palabra, que a su vez daba pie a una tercera, una tercera a una cuarta y así sucesivamente, de modo que su boca estaba llena, le comenzaba un cosquilleo en la garganta y las palabras que abarrotaban su boca salían al fin revoloteando en el desorden más pintoresco. Era por esa razón por lo que Semyon Ivanovich, aunque era un hombre inteligente, a veces soltaba temible basura por la boca.

—No sabes de lo que estás hablando —respondió ahora—. ¡Tú, gran mastodonte! ¡Tú, vago! Espera a que estés arruinado y tengas que mendigar. Eres un librepensador, un libertino. ¡Eso es lo que eres, poeta!

—¡La verdad, Semyon Ivanovich, es que creo que usted debe de seguir sufriendo delirios!

—Escúchame —replicó Semyon Ivanovich—. Un idiota delira, un borracho delira, un perro delira, pero un hombre sabio demuestra sensatez. Tú no sabes de lo que estás hablando, ¿me oyes? ¡Tú, tipo de vida inmoral! ¡Tú, intelectual! ¡Hablas como un libro! Un día estallarás en llamas y ni siquiera te darás cuenta hasta que tu cabeza salga ardiendo. ¿Lo entiendes?

—Eh... No estoy seguro... ¿A qué se refiere, Semyon Ivanovich? ¿Mi cabeza ardiendo...?

Mark Ivanovich no inquirió más acerca de este asunto, pues todos podían ver con claridad que Semyon Ivanovich no había recuperado aún la cordura y continuaba delirando; la casera, empero, no pudo contenerse más y dijo sin más preámbulo que la casa del callejón Krivoy se había incendiado el otro día por culpa de una muchacha atolondrada, que una muchacha atolondrada vivía allí, que había encendido una vela y había prendido fuego al almacén, pero que tal cosa no sucedería en su apartamento y que los aposentos serían seguros.

—¡Por amor de Dios, Semyon Ivanovich! —gritó Zinovy Prokofyevich fuera de sí, interrumpiendo así a la casera—. Semyon Ivanovich, ¿qué demonios le pasa, tonto hombrecillo enfermo? ¿No ve que la gente se ha estado burlando de usted con todos esos chistes sobre su cuñada y las pruebas de baile? ¿No lo ve? ¿No lo ve?

—Escúchame —respondió nuestro héroe al tiempo que se incorporaba en la cama para hacer acopio de sus últimas fuerzas y dar rienda suelta a cada gramo de odio y furia que lo dominaba—. ¿Quién me llama tonto? Tú eres un tonto y un obseso, un imbécil, pero no haré tonterías siguiendo tus órdenes, no, señor. ¿Me oyes, impertinente? ¡No soy tu sirviente, no, señor!

Aquí Semyon Ivanovich intentó decir algo más, pero se derrumbó sobre la cama cuando las fuerzas lo abandonaron. Quienes lo compadecían quedaron absolutamente perplejos. Todos quedaron boquiabiertos, pues ahora vislumbraban lo que le había pasado a Semyon Ivanovich, pero no sabían qué hacer a continuación. De repente, la puerta de la cocina rechinó y se abrió, y el amigo borracho (también conocido como señor Zimoveykin) asomó su cabeza con timidez, teniendo cuidado de inspeccionar el terreno del modo habitual. Era como si todos lo hubieran estado esperando; todos comenzaron a hacerle señas para que entrara lo más rápido que pudiera y Zimoveykin, completamente encantado y sin quitarse el abrigo, se abrió camino deprisa hacia la cama de Semyon Ivanovich, preparado para esforzarse al máximo.

Era evidente que Zimoveykin había permanecido despierto toda la noche anterior, ocupado con grandes problemas. El lado derecho de su rostro estaba cubierto de apósitos; sus hinchados párpados aparecían llenos de las costras que habían surgido de sus infectados ojos; su abrigo y toda su ropa aparecían desgarrados y hechos jirones, y todo el lado izquierdo de su atuendo parecía, además, haber sido rociado con alguna sustancia de nauseabundo olor que podría haber sido suciedad de algún charco. Bajo el brazo portaba el violín perteneciente a alguna persona con la intención de llevarlo a algún sitio para venderlo. Simplemente no habían errado al invitarlo a ayudar pues, de inmediato, al haber evaluado la situación, se giró hacia el delincuente Semyon

Ivanovich y, con aires de ser un hombre en una situación superior que, además, sabe un par de cosas, dijo:

—¿Qué estás haciendo, Senka? ¡Levanta! ¿Qué estás haciendo, sabio Prokharchin? ¡Demuestra un poco de cordura! Te robaré todo tu dinero si sigues mangoneando a todo el mundo así. ¡Deja de mangonear a todo el mundo!

Este breve pero potente discurso dejó atónitos a todos los presentes en el cuarto; quedaron incluso más perplejos si cabe cuando observaron que, al ver a esta persona frente a él y oír todo lo que tenía que decirle, el señor Prokharchin quedó tan estupefacto, reducido a tal estado de timidez y confusión que apenas pudo, entre dientes, murmurar con un leve susurro una inevitable expresión de protesta.

—¡Sal de aquí, miserable desgraciado, ladrón! ¿Me oyes, me entiendes? ¡Te crees que eres un pez gordo! ¿A que sí? ¡Tú, el gran archipámpano! ¡Te crees que eres muy importante!

—No, viejo amigo —respondió Zimoveykin arrastrando las palabras y manteniéndose alerta—. Eso no es muy digno de ti, Prokharchin, tú, sabia lechuza, tú, pobre hombre Prokharchin —continuó Zimoveykin, parodiando ligeramente a Semyon Ivanovich y mirando a su alrededor con satisfacción—. ¡Deja de darte aires! Compórtate, Senya, compórtate o te denunciaré, mi buen amigo, les contaré todo sobre ti... ¿Lo entiendes?

Dio la impresión de que el mensaje había calado en Semyon Ivanovich, pues al oír la conclusión de este discurso se sobresaltó y, de repente, comenzó a mirar a su alrededor con mirada huidiza y con expresión de auténtica desesperación. Complacido con el efecto que estaba produciendo, el señor Zimoveykin se preparó para continuar, pero Mark Ivanovich frustró su ardor esperando hasta que Semyon Ivanovich hubiera bajado el tono, se volviera más dispuesto y hubiera recobrado la calma casi por completo, y entonces, con todo detalle y con tono razonado, comenzó a recalcarle al inquieto hombre que albergar el tipo de pensamientos que ahora ocupaban su cabeza era, para empezar, inútil y, en segundo lugar, no sólo inútil sino también dañino y, de hecho, si vamos al caso, no tan dañino como absolutamente inmoral. Su razonamiento era que Semyon Ivanovich estaba llevándolos a todos por el mal camino y estaba sentando un mal ejemplo. Todos esperaban que tales palabras causaran un resultado sensato.

Lo que es más, Semyon Ivanovich se había tranquilizado bastante y solo protestaba con un tono medido. Un modesto debate comenzó. Los huéspedes se dirigían a él de un modo fraternal y le preguntaban por qué se había puesto tan nervioso. Semyon Ivanovich respondía, pero con circunloquios. Ellos le protestaban y él protestaba a su vez. Otro intercambio de protestas siguió al primero y luego todos, jóvenes y viejos, se unieron al tumulto, pues de repente surgió un tema de conversación tan extraño y sorprendente que nadie sabía realmente cómo abordarlo. La discusión finalmente desembocó en expresiones de impaciencia, la impaciencia llevó a los gritos, los gritos llevaron a las lágrimas y, al final, Mark Ivanovich se retiró echando espumarajos por la boca y declarando que nunca había conocido a un individuo tan absolutamente terco y decidido en toda su vida. Oplevaniyev escupió, Okeanov se asustó, Zinovy Prokofyevich se echó a llorar y Ustinya Fyodorovna lanzó uno de sus plañidos más impresionantes, aullando que su inquilino «estaba mal de la chaveta», que el pobrecillo iba a morirse sin pasaporte, que no estaba registrado, que ella estaba completamente sola y se la llevaría la Policía. En resumen, todos vieron al fin con claridad que la siembra había sido buena, que todo lo que habían sembrado les había sido devuelto multiplicado por cien, que el terreno había prosperado y que, en su compañía, Semyon Ivanovich había conseguido perder la cabeza por completo, de un modo absoluto, de la manera más irrevocable. Todos quedaron en silencio, pues aunque habían visto que Semyon Ivanovich se había alterado, esta vez los que lo compadecían se habían enfurecido también...

—¡Por amor de Dios! —gritó Mark Ivanovich—. ¿De qué tiene miedo? ¿Por qué ha perdido el juicio? ¿A quién le importa usted, mi buen señor? ¿Cree que tiene derecho a mostrarse así de asustado? ¿Quién es usted? ¿Qué es usted? ¡Un cero, señor, un absoluto cero, eso es lo que es! ¿A qué viene tanto alboroto? Sólo porque han atropellado a una mujer en la calle, ¿cree que también lo van a atropellar a usted? Sólo porque algún borracho olvidó vigilar sus bolsillos, ¿cree que le van a cortar la levita? Sólo porque una casa se incendia, ¿tiene que salir ardiendo su cabeza también? ¿Es eso, señor? ¿Es eso?

—Tú, tú... ¡eres estúpido! —musitó Semyon Ivanovich—. Podrían cortarte la nariz para dártela a comer con pan y nunca te darías cuenta...

—Admito libremente que soy un canalla —exclamó Mark Ivanovich, que no estaba escuchando en realidad—. Soy un tipo canallesco. Pero claro, no tengo que hacer ningún examen, ni encontrar esposa, ni tomar clases de baile. La tierra no se está abriendo bajo mis pies, mi querido señor. ¿Qué pasa, señor? ¿No hay suficiente espacio en el mundo para usted? ¿Es que acaso el suelo está cediendo bajo sus pies?

—¿Qué quieres decir? ¿Quién te ha preguntado? Lo cerrarán y será mi final.

—¿Qué? ¿Qué cerrarán? ¿Qué quiere decir... eh?

—Despidieron al borracho...

—Bueno, pues lo hicieron. Pero usted y yo no somos borrachos. ¡Somos hombres!

—De acuerdo, pues somos hombres. Pero está ahí hoy y desaparecerá mañana...

—¿Desaparecer? ¿Qué desaparecerá?

—La oficina... ¡La oficina!

—¡Pero mi querido amigo! ¡La oficina es necesaria, no pueden pasar sin ella!

—Puede que sea así, pero escucha: la necesitan hoy, la necesitarán mañana, pero pasado mañana ya no la necesitarán en absoluto. ¿Sabes? He oído una historia...

—¡Pero le pagan un salario anual! ¡Es como el apóstol Tomás, Tomás con sus dudas, hombre de poca fe! Le darán otro puesto de trabajo por su condición de funcionario de rango superior...

—¿Salario? Pero me lo gastaré todo, los ladrones vendrán y se llevarán mi dinero... Y tengo una cuñada, ¿me oyes? ¡Una cuñada! ¡Tú y tus ideas fijas!

—¡Su cuñada! Mi querido amigo, usted...

—Soy un hombre, sí, soy un hombre, pero tú, tú, ratón de biblioteca, eres un estúpido bobalicón. Escucha, eres un hombre de ideas fijas, ¡escucha! No estoy hablando de ninguno de tus chistes; mi trabajo es el tipo de trabajo que existe hoy y desaparece mañana. Incluso Demid, ¿me oyes? Demid Vasilyevich dice que mi trabajo amenaza con desaparecer...

—¡Oh, Demid, Demid! Él es un joven granuja y yo me refiero...

—Sí... ¡Bang! ¡De sopetón! Y no queda trabajo y yo quedo en la ruina...

—Vaya, está diciendo sandeces o ha perdido la cabeza por completo. Díganoslo ahora sin rodeos. ¿De qué se trata? ¡Confiese, si eso es lo que le está pasando! ¡No hay nada de lo que avergonzarse! ¿Ha perdido el juicio, señor, eh?

—¡Ha perdido el juicio! ¡Está mal de la cabeza! —gritaba la gente alrededor. Todos se retorcían las manos por la angustia. La casera se había aferrado con ambos brazos a Mark Ivanovich, por miedo a que despellejara vivo a Semyon Ivanovich.

—¡Eres un pagano, un alma pagana, un hombre de sabiduría! —dijo el señor Zimoveykin con tono implorante—. Senya, no eres un hombre que se ofende, ¡eres agradable y amable! Eres sencillo, eres virtuoso... ¿Lo oyes? Todo esto ha sucedido por tu bondad; a ver, yo sólo soy un tipo rudo y estúpido, un mendigo en realidad, pero mira el honor que tú y tus amigos me habéis concedido. Así que os doy las gracias a todos y a tu casera; mira, me inclino hacia el suelo ante ti. Mira, ¡mira! Es mi obligación. ¡Sólo estoy cumpliendo con mi obligación, querida señora!

Y ahí Zimoveykin sí que se inclinó hacia el suelo con un movimiento fluido que incluía a todo el mundo, realizando la acción con una suerte de dignidad pedante. Cuando terminó, Semyon Ivanovich quiso continuar hablando, pero esta vez no se lo permitieron; todos intervinieron, implorándole, asegurándole, reconfortándole, hasta que consiguieron que Semyon Ivanovich se sintiera completamente avergonzado de sí mismo. Al fin, pidió con voz débil que le permitieran explicarse.

—La cuestión es la siguiente —dijo—. Es cierto... Soy agradable, gentil y virtuoso, ¿me oís? Soy fiel y leal. Sabéis que sacrificaría hasta la última gota de mi sangre... ¿Me oyes, impertinente, pez gordo? De acuerdo, el trabajo seguirá estando ahí, pero me refiero a que soy pobre y, si me lo arrebatan, ¿me oyes, pez gordo? Cállate y escucha esto... Si me lo arrebatan... estará ahí, hermano, y luego no estará... ¿lo entiendes? Y entonces me veré obligado a mendigar, hermano, ¿me oyes?

—¡Senka! —se lamentó Zimoveykin, frenético, y su voz ahogó todo el tumulto que se había originado—. ¡Eres un librepensador! ¡Te denunciaré! ¿Qué eres? ¿Quién eres? ¿Eres un vulgar rufián, un alcornoque sin cerebro? Despedirían a un estúpido rufián sin miramientos, ¿no te das cuenta de ello? ¿Qué tipo de hombre eres tú?

—Bueno, es sólo que...

—¿Qué?

—Pues que... ¿por qué no te vas al infierno?

—¿Dices que me vaya al infierno?

—Pues sí, si él es subversivo y yo soy subversivo, y si un hombre se queda tumbado en la cama todos los días, al final...

—¿Qué?

—Se convertirá en un librepensador...

—¿Un librepensador? ¡Senka, tú eres un librepensador!

—¡Espera! —gritó el señor Prokharchin, sacudiendo un brazo para acallar el griterío que estaba a punto de comenzar—. No me refiero a eso... Intenta entender esto, entiéndelo, borrego: hoy soy educado, mañana seré educado, pero entonces, de repente, dejaré de ser educado y seré grosero con alguien. ¡Entonces te entregan la hebilla y el librepensador recibe los papeles del despido!

—¿Qué está diciendo? —tronó al fin Mark Ivanovich, levantándose de un salto de la silla en la que se había sentado para descansar. Corrió hacia la cama en un estado tal de completa excitación y frenesí que se puso a temblar con furiosa rabia por la irritación que sentía—. ¿Qué está diciendo? ¡Borrego! ¡No tiene ni casa ni hogar! ¿Acaso cree que es la única persona del mundo? ¿Cree que el mundo fue concebido para usted? ¿Qué es usted... una especie de Napoleón? ¿Qué es? ¿Quién es? ¿Es usted Napoleón, eh? ¿Es usted Napoleón? Respóndame, señor, ¿es usted un Napoleón?

Pero el señor Prokharchin no contestó a dicha pregunta. No porque se sintiera avergonzado de ser un Napoleón, ni porque le diera miedo echarse encima esa responsabilidad... No, ya no se veía capaz de discutir o argumentar más sobre ese asunto... Su enfermedad se aproximaba a su punto crítico. Pequeñas y rápidas lágrimas brotaron repentinamente de sus ojos grises, lágrimas que relucían con una luz febril. Cubrió su rostro con manos huesudas y demacradas por la enfermedad, se incorporó en la cama y, sollozando, comenzó a decir que estaba completamente empobrecido, que no era más que un hombre absolutamente común y desgraciado, que era estúpido e ignorante, que la gente debía perdonarle, cuidarle, protegerle, proporcionarle comida y bebida, y no abandonarlo a su suerte y Dios sabe qué más. Así se lamentaba Semyon Ivanovich. Mientras lo hacía, miraba a su alrededor con enloquecido terror, como si esperara que, en cualquier momento, el techo se le fuera a caer encima o el suelo fuera a abrirse a sus pies. Mientras miraban al enfermo, todos empezaron a sentir lástima por él y sus corazones se ablandaron. Sollozando como una campesina, la casera también se lamentaba por su propia soledad e indefensión ante los apuros, y ayudó al enfermo con sus propias manos a volver a meterse en la cama. Mark Ivanovich, al percibir que no tenía sentido perturbar la memoria de Napoleón, de inmediato recuperó su naturaleza bondadosa y procedió a ofrecer su ayuda. Los demás, para tener a su vez algo que hacer, sugirieron una infusión de té de frambuesas, pues afirmaban que era instantáneamente eficaz para todos los trastornos y que el enfermo la encontraría sumamente refrescante; Zimoveykin, empero, lo desmintió de inmediato, aseverando que en un caso como el que los ocupaba no había nada mejor que un remedio elaborado con un cierto tipo de manzanilla acre. En cuanto a Zinovy Prokofyevich, al ser un hombre de buen corazón, rompió a llorar desconsolado, sollozando su arrepentimiento por haber asustado a Semyon Ivanovich con diversos cuentos chinos y, aferrándose a la más reciente declaración del enfermo de que se hallaba completamente empobrecido y a su petición para que lo alimentaran, comenzó a organizar una subvención que, por el momento, quedaba limitada a los residentes de los aposentos. Todos soltaron exclamaciones de asombro y contento, todos sentían lástima y angustia, mientras que, al mismo tiempo, todos se preguntaban cómo había conseguido el hombre caer en tal estado de pánico. ¿A qué podía tenerle tanto miedo? Podrían haberlo entendido si hubiera ocupado un puesto importante o si hubiera tenido esposa e hijos que mantener; podrían haberlo entendido si se diera el caso de que estuviera a punto de ser llevado ante los tribunales o algo así; pero el hombre no era nadie, todo lo que poseía era un baúl con cerradura alemana, durante más de veinte años había yacido detrás de su biombo sin pronunciar palabra, sin saber nada sobre el mundo o sus preocupaciones, acumulando su exiguo salario... Y ahora, de repente, tan sólo por el ocioso comentario de alguien, había perdido por completo el juicio por miedo a que la vida se volviera súbitamente difícil para él...

Y ni siquiera parecía que se le hubiera ocurrido al hombre pensar que la vida resultaba difícil para todo el mundo.

—Si tan sólo hubiera tenido eso en cuenta —dijo Okeanov más tarde—, lo de que la vida es difícil para todos nosotros, habría preservado su cordura, habría dejado de comportarse de ese modo y, de algún modo, habría vivido su vida de un modo decente.

Semyon Ivanovich fue el tema de conversación durante todo ese día. La gente acudía a hablar con él, a preguntar por él, a consolarlo; pero, para cuando llegó la noche, ningún consuelo le habría hecho bien. El pobre hombre comenzó a alucinar y a verse consumido por la fiebre; cayó en un estupor inconsciente y casi pensaron en llamar al médico. Los inquilinos acordaron las medidas a tomar y prometieron hacer turnos para vigilar y tranquilizar a Semyon Ivanovich y, si algo sucediera, para despertar a los demás de inmediato. Con este objetivo en mente, y para no quedarse dormidos, se sentaron a jugar a las cartas tras colocar junto a la cama del enfermo al amigo borracho, quien ya había pasado todo el día en el apartamento y había pedido pasar la noche. Como estaban jugando a crédito y eso no les confería el más mínimo interés, pronto se cansaron de jugar. Abandonaron los naipes, comenzaron a discutir sobre algo, luego comenzaron a hacer ruido y a dar golpes con los puños y, finalmente, se dispersaron a sus respectivos aposentos, aunque continuaron gritando y discutiendo enfadados durante mucho tiempo después; de hecho, quedaron tan agotados por su rabia que perdieron toda determinación de sentarse a vigilar y se quedaron dormidos. Pronto se hizo el silencio en todos los rincones como en un sótano vacío, un efecto intensificado por el horrible frío. Uno de los últimos en quedarse dormido fue Okeanov.

—No estaba seguro de si estaba soñando o me hallaba despierto —dijo después—, pero me pareció que, cerca de mí, justo antes del amanecer, vi a dos hombres que mantenían una conversación.

Okeanov dijo que había reconocido a Zimoveykin, que Zimoveykin había despertado a su viejo amigo Remnev y que mantuvieron una larga conversación en susurros; entonces Zimoveykin había pasado a la cocina, donde se podían oír sus intentos por abrir la puerta. La casera confirmó después que la llave de la puerta, que normalmente guardaba debajo de su almohada, había desaparecido esa noche. Finalmente, Okeanov testificó que había oído a ambos hombres meterse detrás del biombo tras el cual yacía el enfermo y que le había parecido ver que encendían una vela allí.

—No sé nada más que eso —dijo—, pues se me cerraron los ojos.

Despertó más tarde junto con los demás, cuando todos en el apartamento, de repente, se levantaron de un salto de sus camas ante el sonido de un chillido procedente de detrás del biombo, un chillido que podría haber despertado a los muertos... y a muchos de ellos les pareció que la vela se había apagado en ese preciso instante. Y entonces comenzó el caos; a todos se les heló el corazón, corrieron desordenados en dirección al chillido pero, en ese momento, desde detrás del biombo llegaron los sonidos de una refriega, gritos, maldiciones y peleas. Alguien encendió una luz y vieron que Zimoveykin y Remnev se estaban peleando, maldiciéndose y reprendiéndose entre sí. Cuando la luz cayó sobre ambos, uno de ellos gritó, «¡No he sido yo, ha sido este bandido!» y el otro, que resultó ser Zimoveykin, gritó, «¡No me toquen, no he hecho nada, lo juro!». Ninguno de los dos parecía un ser humano, pero en ese primer instante nadie les prestó atención, pues el enfermo no se encontraba en su posición anterior detrás del biombo. Sin dilación, separaron a los combatientes y se los llevaron de allí, y vieron que el señor Prokharchin estaba tumbado debajo de la cama, al parecer bastante inconsciente, y había arrastrado su manta y su almohada con él, pues todo lo que quedaba sobre la cama era el desnudo, decrépito y grasiento colchón (nunca había usado sábanas). Sacaron a Semyon Ivanovich de allí, lo tumbaron sobre el colchón, pero de inmediato vieron que no hacía falta que se preocuparan mucho más por él, ya que estaba completamente en las últimas; sus manos se habían vuelto rígidas y exhalaba su último aliento. Permanecieron a su alrededor. Él seguía estremeciéndose y temblando, intentaba hacer algo con sus brazos; no articulaba sonido alguno, pero hacía guiños del modo preciso en el que una cabeza, aún caliente y sangrante tras haber rebotado desde el hacha del verdugo, se supone que hace guiños.

Finalmente todo se volvió cada vez más tranquilo. Las convulsiones y los temblores de la muerte desaparecieron. El señor Prokharchin estiró las piernas y se marchó, para bien o para mal, hacia lo desconocido. Tanto si Semyon Ivanovich se había asustado por algo como si había tenido un sueño del tipo descrito más tarde

117

por Remnev, o incluso si alguna otra cosa tenía la culpa... todo eso quedó poco claro. Todo lo que se sabía de cierto era que, incluso si el mismísimo verdugo principal hubiera entrado en el apartamento y hubiera ejecutado personalmente a Semyon Ivanovich por ser un librepensador, por emborracharse y por su comportamiento pendenciero, incluso si alguna mendiga con un abrigo andrajoso hubiera entrado por la puerta y hubiera hecho acto de presencia para apelar por la cuñada de Semyon Ivanovich, incluso si Semyon Ivanovich hubiera recibido en ese preciso instante una gratificación de doscientos rublos, o incluso si, finalmente, la casa se hubiera incendiado y la cabeza de Semyon Ivanovich hubiera comenzado a arder de verdad, era improbable que él hubiera movido un dedo ante tales noticias. Mientras que todos se estaban recuperando de la atónita sorpresa inicial, mientras recuperaban el poder del habla y se lanzaban a una excitada ráfaga de sugerencias, dudas y protestas, mientras Ustinya Fyodorovna estaba sacando el baúl de debajo de la cama, registrando con rapidez debajo de la almohada de Semyon Ivanovich, debajo de su colchón e incluso dentro de sus botas, mientras estaban interrogando a Remnev y a Zimoveykin, el huésped Okeanov, quien hasta entonces había sido el más callado, el más aburrido y el más tímido de todos ellos, de repente adquirió presencia de ánimo, mostró su auténtico temple, agarró su gorro y, amparado por el alboroto general, se escabulló del apartamento. Entonces, justo cuando los horrores de la anarquía estaban llegando a su fase culminante en los otrora pacíficos rincones, la puerta se abrió y allí aparecieron de repente, como de la nada, primero un caballero de alta apariencia moral con expresión severa y descontenta, luego Yaroslav Ilyich, seguido por su comitiva de empleados y funcionarios y, en la retaguardia, un avergonzado señor Okeanov. El caballero de gesto severo fue directamente hacia Semyon Ivanovich, le tomó el pulso, hizo una mueca, se encogió de hombros y anunció lo que todos ya sabían, a saber, que el finado había fallecido, y simplemente añadió el comentario de que lo mismo le había sucedido solo unos días atrás a cierto caballero importante y altamente respetado, quien también había muerto mientras dormía. Aquí el caballero de alta moral y rostro disgustado le dio la espalda a la cama, dijo que lo habían molestado para nada y se marchó. Su lugar fue inmediatamente ocupado por Yaroslav Ilyich (Remnev y Zimoveykin habían sido entregados a la custodia de las autoridades pertinentes), quien interrogó a algunos de los huéspedes, tomó posesión diestramente del baúl que la casera ya estaba intentando abrir, devolvió las botas del señor Prokharchin al lugar donde habían estado antes mientras comentaba que estaban llenas de agujeros y que ya no servían para nada, pidió que la almohada volviera a su lugar, llamó a Okeanov, pidió la llave del baúl que habían descubierto en el bolsillo del amigo borracho y, con solemnidad, delante de las personas adecuadas, abrió la propiedad personal de Semyon Ivanovich. Todo estaba allí: dos trapos, un par de calcetines, medio pañuelo, un sombrero viejo, varios botones, algunas suelas viejas de botas, así como varios empeines... En resumen, reliquias, restos y desechos. En otras palabras, basura, restos y porquería que desprendían un olor rancio; lo único de valor era la cerradura alemana. Okeanov fue llamado para discutir la cuestión severamente con él, pero Okeanov estaba preparado para jurar que no sabía nada. Pidieron ver y examinar la almohada: estaba sucia pero, en los demás aspectos, era una almohada perfectamente normal. Se pusieron a trabajar en el colchón, y lo estaban levantando cuando se detuvieron para pensar por un momento; entonces, de repente, de un modo bastante inesperado, algo pesado cayó al suelo con un resonante golpe. Se agacharon, rebuscaron y descubrieron un rollo de papel que contenía una docena de rublos. «¡Ajá!» dijo Yaroslav Ilyich al tiempo que señalaba una rasgadura en el colchón desde la cual sobresalía el pelo del relleno. Examinaron la rasgadura y determinaron que había sido practicada recientemente con un cuchillo de unos treinta centímetros de longitud; palparon en el interior del colchón y sacaron el cuchillo de cocina de la casera. Era evidente que alguien lo había ocultado allí tras usarlo para rasgar el colchón. Yaroslav Ilyich apenas había tenido tiempo de sacar el cuchillo de la rasgadura y de volver a exclamar, «¡Ajá!» cuando otro rollo de dinero cayó, seguido de dos monedas de cincuenta copecks, una moneda de veinticinco copecks, algunas monedas de poco valor y una moneda de cinco copecks grande y anticuada. De inmediato las recogieron. Entonces se percataron de que no sería mala idea cortar el colchón hasta abrirlo por completo con un par de tijeras. Se pidieron unas tijeras...

Mientras tanto, el cabo vacilante de la vela de sebo iluminaba una escena que habría despertado la curiosidad de cualquier espectador. Casi una docena de huéspedes estaba agrupada alrededor de la cama con los atuendos más pintorescos, todos despeinados, sin afeitar, sin haberse lavado y con ojos soñolientos, justo como habían estado cuando se fueron a la cama. Algunos estaban muy pálidos, otros mostraban frentes sudorosas; algunos estaban temblando mientras que otros parecían estar sufriendo alguna fiebre. La casera, bastante estupefacta, estaba allí tranquila, con los brazos cruzados, esperando las misericordiosas atenciones de Yaroslav Ilyich. Desde arriba, encima de la hornilla, las cabezas de Avdotya, la sirvienta, y del gato favorito de la casera miraban con temerosa curiosidad; disperso por todas partes yacía el biombo rasgado y roto; el baúl abierto mostraba su innoble contenido; la colcha y la almohada, cubiertas con trozos del relleno del colchón, yacían descuidadas en un montón; y sobre la mesa de madera de tres patas, un montón de plata y otras monedas que crecía por momentos brillaba y resplandecía. Sólo Semyon Ivanovich mantuvo la cabeza fría, tumbado tranquilamente sobre su cama, y no parecía tener ni idea de su inminente ruina. De hecho, cuando trajeron las tijeras y el ayudante de Yaroslav Ilyich, deseoso de mostrarse útil, sacudió el colchón con cierta impaciencia para liberarlo de un modo más conveniente de la espalda de su dueño, Semyon Ivanovich, al ser un alma educada, primero cedió un poco de espacio al moverse hacia un lado y dar la espalda a los investigadores; luego, con una segunda sacudida, se giró sobre su estómago y, finalmente, les dio hasta más espacio. Pero, como faltaba la tabla más externa de la estructura de la cama por ese lado, de repente se desplomó de cabeza en el suelo, dejando sólo dos delgadas y huesudas piernas azuladas a la vista, piernas que sobresalían como dos ramas de un árbol quemado. Como esta era la segunda vez esa mañana que el señor Prokharchin se había caído debajo de su cama, de inmediato levantó sospechas y algunos de los inquilinos, liderados por Zinovy Prokofyevich, gatearon debajo de la cama con la intención de descubrir si, en realidad, también había algo escondido allí. Pero los buscadores sólo consiguieron darse cabezazos entre sí por nada y, como Yaroslav Ilyich les gritó que liberaran a Semyon Ivanovich de su poco digna posición de inmediato, dos de los más sensatos se agarraron a sus piernas, sacaron al poco convencional capitalista a la luz del día y lo situaron atravesado en la cama. Mientras tanto, el relleno del colchón revoloteaba por todas partes, la pila de plata seguía aumentando y... ¡santo cielo! ¡Qué no salía de allí! Nobles soberanos rublos de plata, robustas y respetables coronas de un rublo y medio, bonitas monedas de medio rublo, plebeyas monedas de veinticinco y veinte copecks, incluso la poco prometedora moneda de las ancianas: monedas de diez y cinco copecks... todas las monedas estaban guardadas en los correctos rollos de papel, de un modo metódico y respetable. También había piezas de coleccionista: dos fichas de algún tipo, un napoleón de oro, una moneda cuyos orígenes eran oscuros pero que era muy rara... Algunas de las monedas de rublo eran absolutas antiguallas; había monedas desgastadas y envilecidas del reinado de la Emperatriz Isabel, de la época de Pedro el Grande, del reinado de Catalina; había kreuzers alemanes; había monedas que hoy en día eran extremadamente raras, como antiguas monedas de quince copecks a las que habían perforado agujeros para poder llevarlas en las orejas, frotadas hasta ser completamente lisas, pero con el número correcto de dientes en el borde; incluso había monedas de cobre, pero estaban todas verdes y manchadas... Encontraron un billete rojo de diez rublos... pero eso fue todo. Al fin, cuando hubieron realizado la disección y cuando, tras sacudir varias veces la cubierta del colchón, no pudieron encontrar nada más que tintinease, colocaron todo el dinero sobre la mesa y comenzaron a contarlo. A primera vista habría sido posible verse completamente engañado y adivinar directamente que había un millón... tan grande era el montón. Pero no había un millón, aunque sí resultó ser una suma considerable: dos mil cuatrocientos noventa y siete rublos y cincuenta copecks, para ser exactos. Y la subvención que había organizado Zinovy Prokofyevich el día anterior habría llevado esa cantidad a una cifra redonda de no más de dos mil quinientos rublos. Reunieron todo el dinero, colocaron un sello en el baúl del fallecido, oyeron las quejas de la casera y le comunicaron cuándo y dónde debería presentar su testimonio con respecto a la irrisoria suma que le debía el fallecido. Tomaron declaración jurada a las personas adecuadas; ahí casi surgió el tema de la cuñada pero, al quedar satisfechos en su idea de que la cuñada era, en cierto sentido, un mito, el producto de la falta de imaginación con la que ellos le habían reprochado más de una vez al finado con respecto a sus documentos... descartaron la idea por ser inútil, porque era probable que causara perjuicio y que mancillara el buen nombre del señor Prokharchin. Y así concluyó el asunto. Sin embargo, cuando la conmoción inicial se hubo desvanecido, cuando tuvieron tiempo de recuperar la cordura y se apercibieron del tipo de hombre que había sido el fallecido, todos quedaron en silencio, se sintieron hundidos y comenzaron a mirarse entre sí con recelo. Algunos se tomaron las acciones de Semyon Ivanovich muy a pecho e incluso parecieron ofenderse... ¡Todo ese capital! ¡El hombre había estado guardándolo justamente! Nunca dado a perder la presencia de ánimo, Mark Ivanovich se lanzó a dar una explicación de por qué Semyon Ivanovich se había asustado tanto y tan de repente, pero nadie lo escuchaba. Zinovy Prokofyevich parecía estar muy preocupado. Okeanov se había tomado un par de copas, los otros se arremolinaban en grupos, por así decirlo, y, cuando llegó la noche, el pequeño funcionario Kantarev, quien se distinguía por su nariz, la cual se parecía al pico de un gorrión, se mudó del apartamento tras sellar y atar a conciencia todas sus cajas y sus hatillos. A los curiosos les explicó con frialdad que eran tiempos duros y que no podía permitirse seguir alojado allí. La casera aulló sin cesar, lamentándose y maldiciendo a Semyon Ivanovich por haberse aprovechado de su estado de orfandad. Ella le preguntó a Mark Ivanovich por qué el fallecido no había llevado su dinero al banco.

—Él era demasiado simple, matrona, no tenía suficiente imaginación para hacer tal cosa —respondió Mark Ivanovich.

—Usted también es demasiado simple, matrona —intervino Okeanov—. Durante veinte años el hombre se atrincheró en esa habitación suya y se vuelve loco a la primera de cambio, pero usted estaba haciendo sopa de coles y no tenía tiempo para él... ¡Oh, matrona!

—¡Ah, pobrecito! —continuó la casera—. Él ni siquiera necesitaba haber usado un banco si me hubiera dado su puñado de monedas y me hubiera dicho, «Aquí tiene, mi querida Ustinya, aquí tiene toda mi fortuna, siga alimentándome con sus cenas calientes hasta que la fría tierra me consuma», y entonces juro por los santos iconos que lo habría cuidado y le habría dado comida y bebida. Pero ¡oh, qué pecador y mentiroso era! ¡Engañó y estafó a una mujer huérfana!

De nuevo se aproximaron a la cama de Semyon Ivanovich. Ahora yacía en capilla ardiente, vestido con su mejor y único traje, oculta su rígida barbilla bajo un pañuelo que le habían amarrado con algo de torpeza, lavado, con el pelo peinado y alisado, pero no afeitado del todo, pues no habían encontrado ninguna cuchilla en los aposentos: la única que había y que había pertenecido a Zinovy Prokofyevich se había desafilado un año atrás y la había vendido para sacarle algún beneficio en el mercado Tolkuchy. Los demás iban a la barbería para afeitarse. Todavía no habían tenido tiempo de limpiar el desorden. El biombo roto seguía tirado donde había estado antes y, al exponer la soledad de Semyon Ivanovich, parecía un emblema del hecho de que la muerte rasga el velo de todos nuestros secretos, intrigas y dilaciones. El relleno del colchón, que tampoco había sido limpiado, yacía alrededor en gruesos montones. La totalidad de ese rincón, que de repente se había vuelto frío, bien podría haber sido comparado por un poeta con el nido arruinado de una golondrina «ahorradora»: había quedado roto y desfigurado por la tormenta, los polluelos y su madre muertos, el cálido nidito de plumón, plumas y tiras de algodón destrozado por el viento... Para extender la analogía en una dirección diferente, sin embargo, Semyon Ivanovich más bien les parecía un viejo gorrión ladronzuelo y vanidoso. Ahora se había acallado, pretendía pasar desapercibido, como si no fuera él el culpable, como si no hubiera sido él quien había engañado para estafar a la buena gente, sin vergüenza ni conciencia, del modo más indecente. Ya no oía los sollozos ni los lamentos de su huérfana casera, la cual se sentía profundamente dolida. Por el contrario, como un curtido capitalista de larga experiencia, quien ni siquiera en su ataúd soñaría con desperdiciar ni un solo momento siendo inactivo, parecía estar completamente inmerso en alguna especie de cálculos especulativos. Su rostro mostraba ahora una expresión de profunda reflexión y sus labios estaban fruncidos con aire significativo, un aire que, durante su vida, nadie habría sospechado jamás que fuera una de las cualidades características de Semyon Ivanovich. Era como si hubiera adquirido cierta inteligencia. Su ojo derecho parecía estar guiñado de un modo pícaro; Semyon Ivanovich parecía estar intentando decir algo, comunicar algo extremadamente urgente, explicarse sin demora, tan rápido como le fuera posible, como si el asunto fuera acuciante y no hubiera tiempo que perder... Y parecía que le oían decir, «¿Qué está diciendo? ¡Pare! ¿Me oye, estúpida? ¡No gimotee! Váyase a dormir, mujer, ¿me oye? Estoy muerto ahora y ya no hay necesidad de nada de esto. En serio, ¡no hay necesidad! Me gusta estar aquí tumbado... Pero eso no es lo que quiero decir, ¿me oye? Usted es una pez gordo, una mujer pez gordo, de modo que oiga y entienda esto: puede que esté muerto ahora pero, lo que quiero decir es que, bueno, quizá no sea realmente así, quizá no estoy muerto en absoluto, ¿me oye? De modo que, si me levantara, ¿me oye? Si me levantara, ¿qué pasaría entonces, eh?».

POLZUNKOV

Un cuento

Comencé a estudiar al hombre con atención. Incluso en su apariencia externa había algo tan peculiar que, sin importar cuán dispersos estuvieran los pensamientos de cualquiera, uno se veía obligado a fijar la mirada en él para inmediatamente estallar en una risa descontrolada. Eso era lo que me había pasado. Debería apuntar que los ojos de este pequeño caballero eran tan expresivos, y él mismo se veía tan sujeto al magnetismo de los ojos de los demás, que parecía adivinar por instinto que estaba siendo observado, se giraba al instante hacia el observador y analizaba nervioso su mirada. Su incesante movilidad y rapidez de respuesta lo hacía parecer ante todos como una veleta. Era extraño: parecía temeroso de provocar las risas y, aun así, prácticamente se ganaba la vida siendo un eterno bufón que, obedientemente, ofrecía su cabeza a cada movimiento y estímulo, tanto en un sentido físico como metafísico, dependiendo de la suerte de compañía en la que se encontrara. Por regla general, los bufones voluntarios ni siquiera son patéticos. Pero me percaté al punto de que esta extraña criatura, este ridículo hombrecillo, no era en absoluto un bufón profesional. Existía en él un cierto residuo de nobleza. Todo su nerviosismo, su perpetuo temor mórbido, en realidad trabajaban a su favor. Tuve la impresión de que su deseo de ser servicial surgía más de la bondad de su corazón que de la esperanza de obtener ganancias materiales. Simplemente se sentía feliz de dejar que la gente se riera abiertamente y a carcajadas de él y, del modo más indecoroso, que se rieran en su propia cara; pero, al mismo tiempo, y esto puedo jurarlo, su corazón penaba y sangraba ante la idea de que sus oyentes fueran tan innobles y crueles como para ser capaces de reírse, no de alguna acción suya, sino de él mismo, de todo su ser, de su corazón, de su intelecto, de su aspecto, de la completa realidad de su ser de carne y hueso. Estoy seguro de que, en tales momentos, él experimentaba toda la ridiculez de su situación; pero, cada vez, la protesta moriría instantáneamente en sus labios, aunque invariablemente surgiría del modo más generoso y abundante. Estoy seguro de que todo esto, también, no era nada más que el producto de un corazón amable y que no estaba conectado de ningún modo al miedo por la desventaja material de ser rechazado y ser incapaz de recibir un préstamo de las personas implicadas: este caballero siempre estaba pidiendo dinero prestado o, más bien, pidiendo caridad de esta guisa cuando, al haber hecho algunas muecas y haber proporcionado a la gente entretenimiento a su costa, sentía que tenía cierto derecho a pedirles dinero prestado. Pero ¡cielo santo! ¿Qué tipo de préstamo era este? ¡Y qué aires se daba al pedirlo! Nunca habría pensado que pudiera haber lugar en un espacio tan pequeño como el arrugado y anguloso rostro de este hombrecillo para tantas muecas heterogéneas, para tantas extrañas y diversas emociones, para muchas de las más horribles expresiones. ¿Qué era lo que no faltaba allí? Vergüenza, fingida insolencia, enfado (con un repentino sonrojo de sus rasgos), rabia, miedo al fracaso, una súplica de perdón por haberse atrevido a haber sido una molestia, una conciencia de su propia valía, e incluso una conciencia más plena de su propia insignificancia... Todo eso pasaba como un rayo por su rostro. Pues durante seis años ha avanzado penosamente por este mundo de Dios de esta guisa, y hasta la fecha no ha tenido éxito al tratar de ofrecer una figura tolerable en el importante momento de pedir dinero. Por supuesto, era simplemente imposible que él se volviera cruel y mezquino hasta la médula. ¡Su corazón era demasiado vivaz, demasiado apasionado para ello! Iré aún más lejos y diré que era, en mi opinión, uno de los individuos más nobles que el mundo haya visto jamás; poseía, no obstante, una pequeña debilidad: la de cometer acciones vulgares ante la más mínima provocación, y las cometía de un modo desinteresado y de buenas maneras, tan sólo para complacer al prójimo. En resumen, era el ejemplo vivo de lo que se conoce como «una criatura sin carácter». Lo más ridículo de todo era que iba vestido más o menos como todos los demás, ni mejor ni peor, limpio, incluso con un cierto nivel de refinamiento y con un débil impulso en la dirección de la respetabilidad y un sentido de dignidad personal. Esta igualdad externa y su carencia en el interior, su nervioso miedo por sí mismo y su continua autocrítica... todo esto formaba un contraste de lo más sorprendente y era digno de risa y compasión. Si hubiera creído con certeza de corazón (algo que le pasaba constantemente, a pesar de la experiencia) que todos sus oyentes eran las personas más amables del mundo, quienes sólo se reirían de una ridícula acción y no de su condenada personalidad, entonces con gusto se habría quitado la chaqueta y se la habría vuelto a poner del revés, y entonces caminaría por las calles vestido así para divertimento de los demás y para su propio placer, siempre y cuando fuera capaz de hacer reír a sus mecenas y proporcionarles toda suerte de gozo. Pero, en cuanto a igualdad, si alguna vez se encontraba a su alcance, no la obtenía por ningún medio. Poseía otro rasgo: el extraño tipo era orgulloso e incluso magnánimo, a trompicones, y siempre y cuando no hubiera peligro en ello. Uno necesitaba ver y oír por sí mismo el modo en que a veces, sin escatimar y, en consecuencia, con cierto riesgo para él, e incluso con un cierto grado de heroísmo, era capaz de regañar a sus «mecenas» cuando lo enfurecían más allá de lo que podía soportar. Pero eso sólo era en ocasiones... En resumen, era un mártir en todo el sentido de la palabra, pero un mártir que era completamente inútil y, por lo tanto, absolutamente cómico.

Una discusión había surgido entre los invitados. De repente vi a mi extraño personaje levantarse de un salto de la silla y comenzar a chillar tan fuerte como le resultaba posible, exigiendo que todos los presentes le concedieran toda su atención en exclusiva.

—Escuche —me susurró el anfitrión—. A veces cuenta las historias más curiosas... ¿Lo encuentra interesante?

Asentí y me abrí camino entre la multitud. El espectáculo de un caballero vestido bastante bien que se levantaba de un salto de su asiento para gritar a todo pulmón había llamado la atención general. Muchas personas que no conocían al extraño personaje intercambiaban miradas de asombro, mientras que otras se reían a carcajadas.

—¡Conozco a Fedosei Nikolaich! ¡Conozco a Fedosei Nikolaich mejor que nadie! —exclamó la extraña criatura desde su posición elevada—. Permítanme que les hable de él, caballeros. ¡Puedo contarles buenas historias sobre Fedosei Nikolaich! ¡Me sé una que es una auténtica maravilla!

—Muy bien, Osip Mikhailich, cuéntela entonces.

—¡Sí, vamos, cuéntela!

—Escuchen, pues...

—¡Escuchen, escuchen!

—Empezaré pero, caballeros, es una historia peculiar...

—¡Excelente, excelente!

—Es una historia cómica.

—¡Maravilloso, magnífico, maravilloso! ¡Cuéntela ya!

—Es un episodio de la vida privada de su más humilde...

—Y entonces, ¿por qué se ha molestado en decirnos que era una historia cómica?

—¡Y es incluso un poco trágica!

—¿Eh?

—En resumen, la historia que están a punto de disfrutar al oír cómo se la cuento, caballeros... la historia a consecuencia de la cual he aterrizado en compañía tan *interesante*...

—¡Nada de juegos de palabras!

—La historia...

—Sí, la historia... Vamos, déjese de preámbulos... Que sea una historia digna de ser contada —dijo con voz ronca un joven rubio con bigote, llevándose la mano al bolsillo de su levita para, como por accidente, sacar su cartera en vez de su pañuelo.

—La historia, mis queridos señores, la cual me lleva a preguntarme qué habrían hecho muchos de ustedes cuando se haya acabado, si hubieran estado en mi lugar. Y, finalmente, la historia a consecuencia de la cual no me casé.

—¿Casado...? ¿Esposa...? ¡Polzunkov tenía planes de matrimonio!

—¡Debo decir que me gustaría ver a la señora Polzunkov!

—¡Tengo curiosidad por conocer el nombre de pila de la supuesta señora Polzunkov! —chilló un jovencito que se abría camino a codazos hacia el orador.

—Bueno, caballeros, capítulo uno. Sucedió hace seis años, en primavera, el treinta y uno de marzo. Tomen nota de la fecha, caballeros. La víspera de...

—¡Del uno de abril! —gritó un joven con rizos.

—Es usted increíblemente perspicaz, señor. Era de noche. La oscuridad aumentaba sobre la ciudad de N., en provincias, y la luna estaba a punto de salir a flote... Bueno, y todo lo demás era como debía ser. De modo que, mis buenos señores, cuando la oscuridad ya había caído prácticamente, yo también salí de mi deprimente alojamiento en silencio tras haberme despedido de mi solitaria abuela, quien ya ha fallecido. Deben perdonarme, caballeros, por usar una expresión tan de moda que oí por última vez en casa de Nikolai Nikolaich, pero mi abuela era realmente una *reclusa:* era ciega, sorda, muda y gagá... ¡Lo tenía todo! Debo confesar que yo estaba consternado, pues me estaba preparando para una gran hazaña; mi corazón latía como el de un gatito sujeto por la piel del cuello en la mano huesuda de alguien.

—Esto... señor Polzunkov.

—¿Qué ocurre?

—Por favor, cuente la historia de un modo más sencillo. ¡No se esfuerce tanto!

—Muy bien, señor —contestó un ligeramente avergonzado Osip Mikhailich—. Entré en la casa de Fedosei Nikolaich (es el dueño). Fedosei Nikolaich no es, como bien saben, un simple colega de trabajo, sino un auténtico jefe de departamento. Me anunciaron y me llevaron de inmediato al estudio. Puedo verlo ahora: la sala estaba bastante oscura, o casi por completo, pero no había velas. Mientras miraba, Fedosei Nikolaich entró. Allí estábamos, él y yo, juntos en la oscuridad...

—¿Qué sucedió entre ustedes? —preguntó un oficial.

—¿Qué cree usted? —dijo Polzunkov, quien se giró al instante en la dirección del joven de pelo rizado mientras su rostro se movía convulso—. Bueno, caballeros, llegados a ese punto algo extraño sucedió. O, más bien, no era en realidad extraño sino lo que conocemos como un acontecimiento común. Sencillamente, saqué un fajo de papeles de mi bolsillo y él hizo lo mismo, sólo que los suyos eran papeles del gobierno...

—¿Billetes?

—Sí, billetes, e hicimos un intercambio.

—Me atrevo a decir que había un tufillo a soborno en todo el asunto —dijo un joven caballero bien peinado y sobriamente vestido.

—¡Soborno! —dijo Polzunkov—. ¡Oh, por amor de Dios!:

> *¡Dejadme ser un liberal*
> *como muchos que he visto!*

Si, cuando llegue su turno de servir en las provincias, usted no se calienta las manos... en el hogar de su nación... Pues bien, un cierto caballero literato ha dicho: «Incluso el humo de la patria nos resulta dulce y agradable». Nuestra madre patria es nuestra madre, nuestra madre, caballeros, y nosotros somos sus polluelos y de ella obtenemos nuestro sustento.

Hubo hilaridad general.

—Pero deben creerme, caballeros, cuando les digo que nunca he tenido por costumbre aceptar sobornos —continuó Polzunkov, examinando a todos los allí congregados con desconfianza.

Un estallido de imparable risa homérica se tragó sus palabras.

—Es realmente cierto, caballeros...

En ese momento, empero, se detuvo y continuó examinándolos a todos con una extraña expresión en el rostro. Tal vez —¿quién sabe?— tal vez en ese momento se le hubiera ocurrido que él era, de algún modo, más honesto que muchos de los presentes en tal honesta reunión... Fuera cual fuese el caso, la seria expresión de su rostro no desapareció hasta que la alegría universal hubo completado su curso.

—Pues bien —comenzó a decir Polzunkov cuando todos volvieron a quedar en silencio—. Aunque nunca he aceptado sobornos, en esta ocasión pequé: metí en mi bolsillo un soborno... procedente de un sobornador... Quiero decir, estaban en mi poder ciertos documentos que, si hubiera decidido enviárselos a ciertas personas, no le habrían hecho ningún bien a Fedosei Nikolaich.

—¿Quiere decir que él se los compró?

—Correcto.

—¿Le dio mucho dinero por ellos?

—Me dio tanto como cualquier hombre hubiera considerado pagar por vender su alma en nuestra época, con todo lo que ello conlleva, señor... siempre y cuando él recibiera algo a cambio. Pero sentí como si me hubiera quemado la mano cuando metí el dinero en mi bolsillo. En realidad no sé qué me pasa por la mente en tales ocasiones, caballeros... pero ahí voy, más muerto que vivo, mis labios se mueven, me tiemblan las piernas; estaba tan avergonzado que casi me convertí en gelatina y estaba preparado para suplicar el perdón de Fedosei Nikolaich...

—¿Y bien? ¿Le perdonó?

—Oh, en realidad no le supliqué, señor... Todo lo que quiero decir es que así era como me sentía en ese momento; en otras palabras, que poseo un corazón apasionado. Vi que me estaba mirando directamente. «¿No le teme a Dios, Osip Mikhailich?» dijo. ¿Y qué iba a hacer yo? Solo abrí mis manos de un modo que consideré apropiado y ladeé mi cabeza. «¿Por qué piensa que no le temo a Dios, Fedosei Nikolaich?» dije. Pero sólo lo dije porque me pareció adecuado decirlo... En realidad estaba deseando que la tierra se abriera y me tragase. «Habiendo sido un amigo de mi familia durante tanto tiempo, habiendo sido, y lo digo sin empacho, como un hijo para mí... ¿Y quién sabe lo que el cielo nos tiene preparado, Osip Mikhailich? Que de repente escriba un informe en el que me denuncia ante las autoridades, y en este preciso instante... ¿Qué puedo pensar de la raza humana después de esto, Osip Mikhailich?». ¡Oh, él me soltó todo un sermón, caballeros! «Sí —dijo él—, sólo dígame qué debo pensar de la raza humana después de esto, Osip Mikhailich». «¿Y qué va a pensar?» me dije a mí mismo. Sentí que se me atenazaba la garganta y mi desdichada voz temblaba... podía sentir que mi mala costumbre se avecinaba, y así cogí mi sombrero... «¿Adónde va, Osip Mikhailich? Seguro que no puede guardarme rencor en la víspera de tal día. ¿De qué modo he pecado contra usted?». «Fedosei Nikolaich —dije—, ¡Fedosei Nikolaich!». Sí, me derretí, caballeros, me derretí como un terrón de azúcar mojado. ¡Y no es de extrañar! El sobre mismo que contenía los billetes y que se encontraba en mi bolsillo parecía estar gritando, «¡Ingrato, forajido, maldito ladrón!». Me resultaba tan pesado como si contuviera cinco penates... ¡Ah, ojalá realmente hubiera contenido cinco penates! «Ya veo —dijo Fedosei Nikolaich—, veo que usted se arrepiente de sus actos... Ya sabe que mañana es...». «La festividad de santa María de Egipto, señor». «Bueno, no llore —dijo Fedosei Nikolaich—. Ya basta. ¡Ha pecado y se ha arrepentido! ¡Vamos! Tal vez yo haya conseguido devolverlo al buen camino —dijo—. Quizá mis modestos penates (recuerdo que usó esa misma palabra, penates) restaurarán algo de calidez a su endurec... no diré endurecido, pero sí a su errado corazón...». Me tomó del brazo, caballeros, y me llevó a su hogar. Un escalofrío recorrió mi espalda. ¡Me estremecí! Pensé en qué aspecto presentarían mis ojos cuando me presentara... Pero debería contarles, caballeros, que en ese instante una... ¿Cómo debería expresarlo? Una delicada situación surgió.

—¿Señor Polzunkov?

—María Fedoseyevna, señor. Sólo que ella no estaba destinada a ser la «señora» que ustedes han dicho; a ella no le correspondía tal honor. Ese Fedosei Nikolaich tenía razón, ¿saben? Tenía razón cuando dijo que yo casi había sido como un hijo en su hogar. Así había sido seis meses antes, cuando un cierto *cadete* retirado, de nombre Mikhailo Maksimych Dvigailov, seguía vivo. Posteriormente murió por decreto divino, pero había dejado todos sus planes de hacer testamento postergados, y resultó que después no pudieron encontrarlo por ninguna parte...

—¡Oh!

—Oh, no pasa nada, no digan más, caballeros, y discúlpenme. Me he ido de la lengua. Pero eso no era todo, fue mucho peor cuando me quedé, por así decirlo, sin nada más que un cero a la vista, porque ese *cadete* retirado, aunque no me permitía entrar en su casa (vivía de un modo grandioso, pues siempre había sabido cómo amontonar el vil metal), también me había tratado como a su propio hijo, quizá no por error.

—¡Ajá!

—¡Sí, señor, así fue! Bueno, comenzaron a ponerme malas caras en la casa de Fedosei Nikolaich. Observé y tomé nota, soporté y me mantuve firme, y entonces, de repente, para mi desgracia (¡aunque quizá fuera por suerte para mí!), un oficial de remonta llegó galopando a nuestra pequeña ciudad como un rayo. Es cierto que su trabajo era ligero, animado y de caballería, ¡pero se instaló en la casa de Fedosei Nikolaich con la misma fuerza que un ciclón! Llegué al asunto tomando una ruta tortuosa y con rodeos, pues tal era mi vil costumbre, diciendo, «¿Por qué me insulta, Fedosei Nikolaich? En cierto sentido soy su hijo... ¿Cuándo va a empezar a tratarme como a un padre?». Mi querido señor, ¡comenzó a replicarme! Bueno, quiero decir, una vez se pone en marcha suelta un poema épico entero, con sus doce cantos, con rima, y sólo escucharlo es suficiente para hacer que uno desee relamerse y abrir las manos con alegría, pero nada de eso tiene sentido y el sentido que tenga es imposible de averiguar; uno no puede asimilar ni una palabra de todo ello y se queda allí como un tonto mientras las nubes se cierran y él gira como un azogue y escapa impune. Sí, es un talento, tan sólo un talento, el tipo de don que asusta a otras personas aun cuando no tiene nada que ver con ellos. Fui corriendo en todas direcciones; ¡no se me ocurría qué hacer! Traje romances, dulces, inventé frases fantasiosas, suspiré y gruñí, dije que mi corazón ardía de *amour,* y luego recurrí a las lágrimas y a las explicaciones secretas.

¡El hombre es una criatura ridícula, después de todo! A ver, él no había ido a comprobar con el secretario de la parroquia para ver si de verdad yo sólo tenía treinta años, ¿verdad? ¡De modo que probé con un poco de astucia! Pero no, no funcionó y todo lo que recibí fueron burlas y risas... Pues bien, me vi dominado por la rabia, me ahogaba la rabia por completo... Me marché de modo furtivo, decidido a no volver a poner un pie dentro de su casa, y pensé y pensé... entonces, ¡caramba! ¡Decidí denunciarlo ante las autoridades! Bueno, admito que fue algo rastrero, eso de denunciar a un amigo, pero tenía en mi poder muchas pruebas, maravillosas pruebas, pruebas de primera. Recibí mil quinientos rublos de plata por las pruebas cuando hicimos el intercambio, junto con mi informe de denuncia, por los billetes.

—¡Ajá, de modo que fue un soborno!

—Sí, señor, ese fue el soborno ¡y fue un sobornador quien me lo pagó! (Aquí quiero decir que no fue un delito... ¡Nada más lejos!) Bueno, ahora empezaré a relatar la secuela de mi cuento: él me había arrastrado, si lo recuerdan, hacia el salón de té, más muerto que vivo, y allí me recibieron: todos estaban ofendidos, pero debo decir que no tanto ofendidos como... completamente humillados e irritados, hasta tal punto que se hallaban tan sólo... bueno, desesperados, absolutamente desesperados, aunque mientras tanto sus rostros brillaban con una expresión de irreprochable dignidad, sus ojos albergaban una expresión sobria y calmada, en la que había algo paternal, familiar... el hijo pródigo había regresado a ellos... ¡eso era todo lo que importaba! Me ofrecieron un lugar a su mesa del té, pero bien podrían no haberse molestado en hacerlo: me sentía como si tuviera un samovar hirviendo y borboteando dentro de mí, mientras que mis pies parecían de hielo... ¡Me sentía pequeño, estaba aterrorizado! Él sólo era un consejero de la corte (ahora es asesor colegiado), pero su esposa, María Fominishna, comenzó a dirigirse a mí con el «tú» familiar desde el principio: «Te has quedado muy delgado, tío», dijo ella. «Sí, he estado indispuesto, María Fominishna», respondí. Mi desdichada vocecilla temblaba. Y entonces, sin ninguna razón aparente en absoluto (ella debía haber estado esperando para desquitarse, criatura venenosa como era), dijo: «Es evidente que tu conciencia te ha estado creando problemas, Osip Mikhailich, querido. ¡La hospitalidad de nuestra familia te ha gritado en la cara! ¡He derramado lágrimas de sangre por tu culpa!». Les juro que ella tuvo realmente la desfachatez de usar esas mismas palabras. Oh, pero eso no era nada para ella... Ella era toda una arpía. Permanecía allí sentada, sirviendo el té. «Si estuvieras en el mercado, querida mía, apuesto a que callarías con tus gritos a todas las campesinas allí», pensé. Ese es el tipo de mujer que era, la esposa de nuestro consejero de la corte. Y entonces, para mi desgracia, María Fedoseyevna, su hija, entró con toda su inocencia, un poco pálida, sus ojos enrojecidos como de haber estado llorando... y, como un tonto, me dirigí hacia la perdición justo en ese instante. Más tarde se reveló, no obstante, que ella había estado derramando lágrimas por el oficial de remonta: se había marchado a su hogar y la había dejado ciertamente atrás porque, verán (es necesario mencionarlo ahora), habían llegado a un punto en el que él tuvo que abandonar su compañía, se le había acabado el tiempo. Y no es que hubiera tenido una temporada de forrajeo oficialmente fijada, no, sino que simplemente... Cuando los afectuosos padres descubrieron más tarde lo que había estado aconteciendo y se familiarizaron con todos los queridos secretos de la pareja, no hubo mucho más que pudieran hacer al respecto... Silenciaron el desastre, ¡una incorporación a su familia! Bueno, no era bueno que, tan pronto como la miré, no dudé en dirigirme a mi perdición, sencillamente iba en busca de mi perdición; miré de reojo mi sombrero y pensé en agarrarlo y marcharme lo más rápido posible; no iba a ser así... ellos se habían apropiado de mi sombrero. Incluso pensé en marcharme sin mi sombrero, pero habían echado el pestillo a la puerta y entonces comenzaron a deshacerse en amistosas risitas, guiños y flirteos. Me ruboricé y dije alguna que otra tontería, sin parar de hablar del tema del *amour:* ella, mi palomita, se sentó ante el clavicordio y, con tonos ofendidos, cantó la canción que hablaba de un húsar que se mató con su sable... ¡ese fue mi fin!

—Bueno —dijo Fedosei Nikolaich—, todo está olvidado. Ven, ven... ¡a mis brazos!

Al instante, sin más preámbulos, apoyé mi rostro contra su chaleco, tal y como hacíamos antes.

—Mi benefactor, es como un padre para mí —dije.

¡Y qué profusión de ardientes lágrimas derramé! ¡Dios mío, qué algarabía se formó entonces! Él sollozó, su esposa sollozó, Mashenka sollozó... Había una pequeña rubia allí y ella también sollozó... No sólo eso, sino que los pequeños infantes llegaron gateando desde todos los rincones (¡Dios había bendecido ese hogar!) y ellos también lloraban... Había tantas lágrimas, y toda esa alegría y tierna emoción era porque habían recuperado al hijo pródigo, ¡era como si un soldado hubiera regresado a la madre patria! En ese instante se sirvió un refrigerio y comenzó un juego de prendas.

—¡Oh, duele!

—¿Qué duele?

—Mi corazón.

—¿Por quién?

¡La palomita se sonrojó! El anciano y yo tomamos ponche... Bueno, me agotaron por completo con todos sus dulces y placeres... Me fui a casa de mi abuela. Mi cabeza daba vueltas. Durante todo el camino seguía riendo para mí y, cuando llegué allí, me pasé dos buenas horas dando vueltas por la pequeña habitación. Desperté a la anciana y le conté lo de mi buena fortuna.

—¿Y el forajido te dio dinero?

—Sí que lo hizo, abuela, lo hizo, lo hizo, mi querida abuela. La fortuna nos ha sonreído y nos ha cubierto de abundancia.

—Bien, todo lo que necesitas hacer ahora es casarte con ella, pues; mientras estás en ello, cásate con ella —me dijo la anciana—. Al fin mis plegarias han sido escuchadas.

Desperté a Sofron.

—Sofron —dije—, quítame las botas.

Sofron me quitó las botas.

—¡Bien, Sofrosha! ¡Ahora felicítame, abrázame! Voy a casarme, viejo, es tan simple como eso, ¡voy a casarme! Puedes beber mañana hasta perder el sentido, puedes pasarlo muy bien, pero oye esto: ¡tu señorito se va a casar!

¡Oh, todo eran risas y juegos! Estaba a punto de quedarme dormido cuando algo hizo que volviera a levantarme. Me senté y pensé; de repente, una epifanía se materializó en mi mente: mañana era el uno de abril, el día de los inocentes, un día de diversión, un día para hacer tonterías, así que... ¿qué les parece? ¡Concebí un plan! Pues sí, señores, me levanté de la cama, encendí una vela, me senté a mi escritorio ataviado como estaba y, en otras palabras, me dejé ir por completo y me dejé llevar... Y ya saben lo que pasa, caballeros, cuando un hombre se deja llevar. Mis queridos amigos, me metí en el fango hasta que este cubrió mi cabeza. Déjenme decirles que fue algo así: ellos te quitan algo y tú les das otra cosa también; es como si fueran a decir, «¡aquí tienen, tomen esto también!». Te golpean en la mejilla derecha y tú les ofreces la otra por si acaso. Entonces ellos comienzan a seducirte como a un perro con un hueso, y tú los tocas con tus estúpidas patas y babeas sobre ellos con toda tu alma. A ver, ¡lo estoy haciendo ahora, caballeros! Ustedes se están riendo y susurrando entre sí. ¿Se piensan que no lo veo? Más tarde, cuando les haya contado mis más preciados secretos, comenzarán a someterme al ridículo, me dirán que me largue, ¡pero yo seguiré hablando sin parar! Bien, ¿quién me pidió que hablase? ¡Las mismas personas que me dirán que me largue! ¡Las mismas personas que se inclinan sobre mi hombro para susurrar, «Vamos, hable, hable, cuéntenoslo todo»! Y entonces hablo, se lo cuento todo a ustedes, me introduzco hasta ganarme su confianza como si fueran mis propios queridos hermanos, mis amigos del alma... ¡Argh!

La carcajada que se había ido originando gradualmente por todas partes terminó por ahogar por completo la voz del narrador, quien había conseguido inducirse un estado de genuino éxtasis; dejó de hablar, permitió que sus ojos recorrieran el grupo durante unos instantes y entonces, de repente, como si hubiera sido transportado por un torbellino, sacudió una mano en el aire y rompió a reír como si su situación le resultara realmente cómica. Una vez más se lanzó a su narrativa.

—Esa noche apenas pegué ojo, caballeros; pasé toda la noche redactando un documento, ¡pues se me había ocurrido una inocentada! ¡Oh, caballeros, me avergüenza incluso recordarlo! No habría sido tan malo si sólo hubiera sido alguna idea que se me había ocurrido durante la noche, ya saben, si hubiera estado borracho, hubiera ido por el mal camino, hubiera inventado un montón de cosas sin sentido, hubiera escrito tonterías... ¡pero no! Me desperté al rayar el alba habiendo dormido sólo un par de horas, ¡y continué con ese mismo plan! Me lavé y me vestí, me puse pomada en el pelo y me lo ricé, me puse mi frac nuevo y me dirigí directamente a la casa de Fedosei Nikolaich para las festividades del día con el documento metido en mi sombrero. Me recibió con los brazos abiertos y, de nuevo, me apretó contra su paternal chaleco. Adopté un aire circunspecto, pues los pensamientos de la noche pasada seguían borboteando en mi mente. Di un paso atrás.

«No, Fedosei Nikolaich —dije—, pero, por favor, sea tan amable de leer este documento». Y se lo entregué como una petición. ¿Y saben qué había en la petición? Decía, «Por tales y tales y aquellas razones, Osip Mikhailich solicita que lo despidan», y debajo había garrapateado toda la descripción de mi rango. Eso fue lo que se me ocurrió, ¿ven? ¡Que Dios me ayude! ¡No se me ocurrió nada más inteligente que eso! Al ser el uno de abril, yo había decidido fingir, por el bien de la broma, que todavía no se me había pasado la sensación de injuria, que había tenido dudas durante la noche, que había tenido dudas, que me había ido enfureciendo por completo y que me sentía más insultado que nunca. De modo que dije, «Aquí hay algo que deben oír, mis queridos benefactores... No quiero saber nada más de ustedes o de su hija; ayer recibí dinero, de modo que tengo fondos, y aquí tiene una petición solicitando mi despido. ¡No quiero trabajar a las órdenes de un jefe como Fedosei Nikolaich! Quiero que me transfieran a otra sección y entonces más le vale andarse con cuidado, porque allí informaré sobre usted a las autoridades». Ese fue el tipo de canalla que representé... Había decidido darles un susto. ¡Y encontré un buen modo de asustarlos! ¿Eh? ¿No les parece, caballeros? En otras palabras, mi corazón había empezado a tomarles cariño desde el día anterior, de modo que, a cambio, pensé que podría gastarles una broma a expensas de la familia y así burlarme del corazón parental de Fedosei Nikolaich...

»Tan pronto como tomó mi documento y lo desdobló, vi que toda su fisionomía sufría un rápido cambio. «¿Qué diantres es esto, Osip Mikhailich?» dijo. Y yo, como un idiota, dije, «¡Feliz día de los inocentes! ¡Feliz día, Fedosei Nikolaich!». Como si fuera un niño pequeño que hubiera estado escondido tras el sillón de su abuela y entonces le gritara de repente en el oído para asustarla. Sí... ¡Me siento avergonzado incluso de contárselo a ustedes, caballeros! Y, de hecho, ¡no! ¡No voy a contárselo!

—Oh, vamos, ¿qué pasó a continuación?

—Sí, continúe con la historia, vamos —decían las voces a su alrededor.

—Hubo un revuelo de rumores y cotilleos, toda suerte de exclamaciones, queridos señores. Dijeron que yo era un bromista, dijeron que les había dado un buen susto... cosas tan extremadamente dulces que incluso me sentí avergonzado. Me quedé allí de pie, aterrorizado, preguntándome cómo un lugar sagrado como ese podría alguna vez acomodar a un pecador como yo. «Oh, querido mío —chilló la esposa del consejero—, me ha dado tal susto que mis piernas siguen temblando, ¡apenas me sostienen! Corrí hacia Masha como una mujer medio loca para decirle, "Mashenka, ¿qué va a ser de nosotros? ¡Mira el tipo de hombre que tu prometido ha resultado ser! Es culpa mía, pues es como uno más de la familia. Debes perdonar a esta anciana que ha actuado como una tonta". Pues yo había pensado que cuando saliera de nuestra casa y volviera pronto a la suya, tal vez comenzaría a pensar, quizá se imaginaría que lo habíamos agasajado tanto a propósito, que estábamos intentando atraerlo para que cayera en nuestras redes... ¡y casi me desmayé al pensarlo! Ya basta, Mashenka, basta de guiñarme el ojo; Osip Mikhailich no es un extraño para nosotros y soy tu madre después de todo... ¡No pondré objeciones! No llevo viviendo en el mundo sólo veinte años, gracias a Dios, sino por unos buenos cuarenta y cinco...».

»Bueno, caballeros, casi me derrumbé a sus pies en ese preciso instante. De nuevo se derramaron lágrimas, de nuevo se produjeron besos y abrazos. ¡Más bromas se sucedieron! ¡En su sabiduría, Fedosei Nikolaich también había decidido planear tonterías del día de los inocentes! Nos contó que un ave fénix había llegado volando para entregarle una carta en su pico de diamantes. También intentó engañarnos... ¡Qué risa! ¡Qué tierna emoción! ¡Bah! ¡Es humillante incluso contarlo ante ustedes!

»Pues bien, mis buenos señores, eso fue todo, más o menos y en resumidas cuentas. Pasamos un día, dos días, tres días, una semana juntos y, en nada de tiempo, ¡yo era el prometido perfecto! Los anillos fueron encargados, se marcó el día de la boda, solo que ellos no querían leer las amonestaciones por adelantado, pues estaban esperando a que llegara el inspector del gobierno. Y yo también, pero se me agotaba la paciencia... ¡Mi felicidad dependía de ese inspector del gobierno! Yo quería terminar con eso de una vez. Y en medio de todo el ajetreo y las celebraciones, Fedosei Nikolaich me cargó de trabajo: yo tenía que elaborar las cuentas, redactar los informes, comprobar los libros de contabilidad, hacer el balance de los totales. Fui a echar un vistazo: todo se encontraba en el más terrible estado de caos y desolación, todo estaba manga por hombro. Bueno, pensé, supongo que no me importa hacer el trabajo por mi suegro. Él había enfermado con alguna molestia y, de día en día, podía ver que estaba empeorando. Vaya, yo mismo estaba delgado como un palo, no podía dormir por las noches y me daba miedo sufrir un colapso nervioso. Pero conseguía terminar el trabajo a la perfección. Le ayudé a tiempo. De repente llegó un mensajero; me lo habían enviado a mí. «¡Dese prisa! —dijo—. ¡Fedosei Nikolaich se encuentra muy mal!». Fui corriendo a toda velocidad... ¿Qué diantres? Miré y ahí estaba mi Fedosei Nikolaich, con vendas impregnadas de vinagre rodeando su cabeza, con el rostro retorcido de dolor, gimiendo y gruñendo. «¡Oh! ¡Oh! Mi querido muchacho —dijo—, si muero, ¿quién cuidará de vosotros, mis polluelos?». Su esposa entró con todos sus hijos detrás. Mashenka estaba deshecha en llanto... ¡incluso yo empecé a lloriquear un poco! «No —dijo—, Dios será misericordioso y no hará que paguéis por mis transgresiones». Entonces les dijo a todos que salieran de la habitación y cerraran la puerta tras ellos, y nos quedamos solos, él y yo, cara a cara. «Tengo que hacerte una petición», dijo. «¿De qué se trata?» respondí. «Bien, querido muchacho, no voy a descansar ni en mi lecho de muerte, ¡estoy completamente arruinado!». «¿Cómo ha pasado eso?». En ese momento me ruboricé hasta llegar a un tono escarlata y perdí el habla. «Pues ha sido así, querido amigo: tuve que pagar a la Tesorería parte de mi dinero; no es que sienta resentimiento por el bienestar común. ¡He sacrificado hasta mi propia vida! ¡No vayas a pensar mal de mí! Me entristece pensar que haya difamadores que te cuenten cosas para ensuciar mi nombre... Te equivocaste y mi pelo se ha vuelto blanco de pena desde entonces. El inspector del gobierno está prácticamente encima nuestro y a Matveyev le faltan siete mil rublos, y yo soy el responsable... ¿quién si no? Me harán pagar por ello, querido muchacho. ¿Dónde estaba mirando yo? ¿Y cómo puedo pedírselo a Matveyev? Él ya ha tenido suficiente; ¿por qué iba a entregarlos al pobre desdichado?». «Santos padres —pensé—, ahí tenéis un hombre pío! ¡Qué alma más bella!». «La cuestión es —dijo—, que no quiero tocar el dinero que ha sido apartado para la dote de mi hija... ¡esa es una suma sagrada! Es cierto que tengo dinero propio, pero se lo he prestado a diversas personas y, ¿cómo puedo recuperarlo todo a la vez?». Me dejé caer de rodillas frente a él sin más dilación. «¡Mi benefactor! —grité—. ¡Le he insultado, le he ofendido enormemente, fueron difamadores quienes escribieron esos informes sobre usted, no me destroce por completo y recupere su dinero!». Me miró y las lágrimas cayeron por su rostro. «No esperaba menos de ti, hijo mío. Levántate —dijo—. Te perdono por el bien de las lágrimas de mi hija... y ahora mi corazón también te perdona. Has curado mis heridas. ¡Te bendigo por siempre!». Y bien, cuando me bendijo, caballeros, eché a correr hacia mi casa rapidísimo y tomé el dinero. «Aquí tiene, padre, está todo aquí, aparte de los cincuenta rublos que me he gastado». «Bueno, no importa, todo cuenta; no queda mucho tiempo... Escribe un informe retroactivo que diga que te has quedado sin fondos y que estás solicitando un adelanto de tu salario por valor de cincuenta rublos. Entonces podré demostrar oficialmente que se te pagó ese dinero a cuenta...». Pues bien, caballeros, ¿qué suponen que hice? ¡Sí, escribí ese informe!

—Oh, vaya... Bueno, ¿qué pasó entonces? ¿Cómo acabó todo?

—Tan pronto como hube escrito el informe, mis queridos señores, todo terminó de la siguiente forma: bien temprano a la mañana siguiente llegó un sobre con un sello del gobierno. Lo abrí... ¿Qué había recibido? ¡Una notificación de despido! ¡Se me pedía que entregara mi trabajo, que cuadrara mis cuentas y que me marchara con viento fresco!

—¿Cómo puede ser?

—Eso fue lo que grité a todo pulmón, caballeros: ¿Cómo puede ser? Había empezado a sentir un pitido en mis oídos. Al principio pensé que era bastante directo, pero no: el inspector del gobierno había llegado a la ciudad. ¡Mi corazón dio un vuelco! Pensé que debía de haber algo más que eso. Me apresuré a ir a ver a Fedosei Nikolaich tal y como estaba. «¿Qué es esto?» dije. «¿Qué es qué?» contestó él. «¡Esta notificación de despido!». «¿Qué notificación de despido?». «¡Esta!». «Bueno, ¿y qué si es una notificación de despido?». «¡Pero yo no pedí que me despidieran!». «¿Cómo? Presentó una solicitud. La entregó el uno de abril». (¡Se me había olvidado recuperar el documento!) «Fedosei Nikolaich, ¿estoy oyendo correctamente, no me engañan mis ojos? ¿Esto procede realmente de usted?». «Por supuesto que sí, ¿de quién si no?». «¡Cielo santo!». «Lo siento, señor, no puedo expresar lo mucho que lamento que haya decidido retirarse de su puesto de trabajo tan pronto. Un hombre joven necesita trabajar y usted se ha estado comportando de un modo bastante alocado últimamente. Pero en cuanto a sus referencias, no se apure, pues haré lo necesario. ¡Usted siempre se ha comportado con corrección!». «Pero fue solo una broma, Fedosei Nikolaich, nunca pretendí... Sólo le di el documento por su paternal... ya sabe...». «No, no lo sé. ¿Qué quiere decir con que sólo era una broma, señor? ¿Es que acaso se bromea con ese tipo de documentos? Si sigue planeando bromas de ese estilo, uno de estos días conseguirá que lo envíen a Siberia. Pero ahora debo despedirme, no tengo tiempo de hablar con usted; tenemos al inspector general aquí y las exigencias de mi puesto están por delante de todo. Está muy bien que usted se pase el día divirtiéndose, pero otros tenemos trabajo que hacer. No obstante, me aseguraré de que reciba una referencia adecuada. Oh, y otra cosa: acabo de comprar la casa de Matveyev. Nos mudaremos allí en un par de días y espero no tener el placer de verle en nuestra fiesta de inauguración. ¡Qué tenga buen viaje!». Me escabullí hacia mi casa tan rápido como podían llevarme mis piernas. «¡Hemos perdido, abuela!» grité. Ella comenzó a llorar, pobrecita mía, y entonces, mientras observábamos, uno de los sirvientes de Fedosei Nikolaich llegó corriendo con una nota y un estornino en una jaula. Por compasión, le di el estornino a mi abuela. La nota decía, «Uno de abril». Eso era todo. Y bien, caballeros, ¿qué les parece?

—Bueno, ¿y qué pasó entonces? ¡Vamos, cuéntenoslo!

—Oh, no mucho. Una vez me encontré con Fedosei Nikolaich y estuve a punto de decirle a la cara que era un villano...

—¿Y bien?

—De alguna manera, ¡no conseguí pronunciar las palabras, caballeros!

ÍNDICE